# EL OLOR DEL DINERO

# EL OLOR DEL DINERO

## LUIS E. GONZÁLEZ O'DONNELL

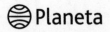 Planeta

*El olor del dinero* obtuvo en 2010 mención especial del jurado del Premio Latinoamericano Sergio Galindo, otorgado por la Universidad Veracruzana.

Diseño de portada: Lizbeth Batta Fernández
Foto de portada: Patricia Madrigal

© 2011, Luis Ernesto González O'Donnell

Derechos reservados

© 2011, Editorial Planeta Mexicana, S.A. de C.V.
Bajo el sello editorial PLANETA M.R.
Avenida Presidente Masarik núm. 111, 2o. piso
Colonia Chapultepec Morales
C.P. 11570 México, D.F.
www.editorialplaneta.com.mx

Primera edición: marzo de 2011
ISBN: 978-607-07-0652-3

Impreso en los talleres de Litográfica Ingramex, S.A. de C.V.
Centeno núm. 162, colonia Granjas Esmeralda, México, D.F.
Impreso y hecho en México – *Printed and made in Mexico*

*A Armando Ayala Anguiano, que me invitó a México y me ayudó a conocer y amar este país.*

*En 2012 dos enconados vecinos
que arrastran doscientos años de
conflictos, esperanzas y desconfianza,
celebran elecciones presidenciales
casi simultáneas. A un periodista
semiciego le toca destapar los
preparativos de una conspiración
que cambiará radicalmente el curso
de la historia del norte de América.*

# 1 A bordo de *La Aceituna*

Durante la primera parte del vuelo, el tramo Los Ángeles-Guadalajara, Reyes Ordaz soportó sin chistar los aguijonazos en las retinas a que debía someterse cada treinta días como secuela de las inyecciones de Lucentis aplicadas en el humor vítreo de cada ojo para, tal vez, salvarlo de la ceguera.

Aquel terrible tratamiento le era administrado en una clínica de Bel-Air a un costo que Ordaz consideraba criminal (tres mil dólares cada inyección), pero al cual se sometía igual que al dolor, sin chistar, porque los oftalmólogos le habían asegurado que era lo único disponible para tratar de frenar y quizá revertir el avance del mal. «Con suerte», le habían dicho.

Sólo en la segunda etapa del vuelo, Guadalajara-DF, empezó Ordaz a percibir que el dolor en el fondo de los ojos empezaba a ser reemplazado por la conocida migraña que siempre le provocaban los vuelos en aviones con cabinas presurizadas. Era el comienzo de un alivio, se dijo Ordaz, porque él creía saber cómo lidiar con la migraña.

En cambio no podía arrellanarse a sus anchas porque en Guadalajara un nuevo pasajero había ocupado el asiento junto a la ventanilla y a Ordaz, engordado en tiempos recientes, sólo le

11

quedaba espacio para añorar la era de esplendor, cuando volaba en primera clase, en esas poltronas que se extienden como camas. «Así se van amortizando los viejos pecados de soberbia», filosofó Ordaz en silencio y, sin atreverse aún a entreabrir los párpados tras la barrera protectora de los anteojos oscuros, se dispuso a forcejear con la migraña.

Su receta antijaqueca consistía en sonarse la nariz con fuerza y después contener la respiración un minuto, dos, tres, para luego aspirar a través del pañuelo su propio aliento enrarecido, hasta bordear la asfixia. Un médico le había dicho que, técnicamente, la hipoventilación no podía calmar la migraña, pero a Ordaz le ayudaba a pensar en algo diferente. Así se consolaba de ya no poder entretenerse, como antaño, con el juego de Sherlock Holmes: deducir la ocupación, nivel cultural y secretos vergonzosos de los compañeros de viaje con sólo verles la ropa, los ademanes, la forma del cráneo, el tamaño de la nariz, el tipo de calzado o el perfil de la barbilla.

—*Prego*, permiso —dijo con voz profunda el pasajero de junto mientras se hacía delgado para escurrirse por entre las rodillas de Ordaz y el respaldo del siguiente asiento, para ganar el pasillo y, seguramente, ir al baño.

«¿Acaba de subir al avión y ya tiene que ir al baño?», rezongó Ordaz en silencio, pero encogió las piernas todo lo posible para facilitarle el paso. Y, ya que no podía examinar visualmente al individuo, recurrió al truco de imaginar su aspecto y fisonomía a partir de la voz. «Voz de púlpito», se dijo. «Y por costumbre usó una palabra italiana, *prego*, algo así como "ruego", para pedir permiso. Puede ser italiano. Y puede ser sacerdote. ¿O ejecutivo de la Fiat que, dicen, va a montar una armadora en Jalisco? En todo caso, no es un seminarista, porque tiene voz de hombre mayor, no de jovencito.» A continuación tragó aire, se tapó boca y nariz con el pañuelo y aguantó sin respirar hasta sentir en los tímpanos una vibración sorda, como un ronquido. Repitió el ejercicio varias veces y empezó a creer que la migraña cedía milímetro a milímetro.

—¿Está bien, señor? —preguntó al regresar del baño el pasajero de la voz de púlpito— ¿Necesita algo?

—No, no; *sono bene. Grazie* —dijo Ordaz a través del pañuelo.

—*Ah*! *Parla italiano*! —se alegró el compañero de asiento mientras sorteaba las rodillas de Ordaz para alcanzar el lugar junto a la ventanilla.

—No realmente —contestó Ordaz—. *Alcuni poche parole.* Pero usted habla español.

—Sí. Aprendí en España y aquí, en México. He venido muchas veces. Mi última estada fue de dos años, trabajando para la agencia ANSA: yo también soy periodista, señor Ordaz. Ahora estoy con *L'Osservatore Romano*. Mi nombre es Cosme Giuliani, para servirle. Por supuesto, durante mi tiempo aquí lo vi muchas veces en televisión, don Reyes, pero después de casi tres años me ha sido muy difícil identificarlo, por los anteojos oscuros, la barba, las canas... Aunque de inmediato lo reconocí por la voz.

Ordaz había adoptado la táctica de rehuir el trato con periodistas mexicanos porque las palabras de consuelo de los antiguos rivales le sonaban hipócritas. Pero no le disgustaba charlar con extranjeros libres de morbo y envidia. Con oyentes desinteresados, como este italiano, ni siquiera le molestaba tener que explicar nuevamente las circunstancias de su abrupta salida del escenario.

—Usted era el periodista más influyente de la televisión de este país. ¿Qué pasó? —preguntó Giuliani sin rodeos.

Para casos como éste, Ordaz había planeado una frase ingeniosa: «Al borde del escenario tropecé con las candilejas y me fui de cabeza al foso de la orquesta»; pero no la dijo porque, repentinamente, le sonó cursi. Contestó sencillamente:

—Empecé a perder la vista. Un día ya no pude leer el *teleprompter* y...

—Perdone —interrumpió el italiano—. Nunca trabajé en televisión; siempre en *l'stampa*, la prensa escrita. Soy un poco pretecnológico.

—El apuntador electrónico. Una pantalla en la cual se proyecta el texto que el conductor debe leer. Probé con auriculares, pero me dijeron que parecía el espectro del Jacobo Zabludovsky de los años setenta... Un legendario conductor de noticiarios que...

—Sí, sí, lo conocí.

—Además, no tengo ese don. Yo repetía como perico lo que me dictaban al oído y se me trababa la lengua. Un desastre. Al fin me liquidaron.

—Como caerse del candelero —murmuró la voz de púlpito—. Debe de ser deprimente.

—Algo. Uno se siente sin tinta, como bolígrafo desechable.

Giuliani creyó percibir un dejo de autoconmiseración pero, como reportero, siguió interrogando, sin miramientos:

—¿Y su vista? ¿Está en tratamiento?

—Es degeneración macular. La mácula, usted sabe, es la parte central de la retina, encargada de enfocar la visión central del ojo, los detalles finos al centro del campo visual...

—Sí. La *macula lutea*, en latín. Conozco casos; pero yo creía que era un mal que sólo afectaba a los ancianos.

—Sí, mi caso es raro. Se llama Mal de Stargardt o degeneración macular juvenil. Incurable, por supuesto, pero en mi caso hay un tratamiento para frenar el avance del mal.

—A eso va usted a Los Ángeles, a tratarse.

—Sí. Una vez por mes.

—¿Y? ¿Funciona?

—Quién sabe. Al menos, parece que no empeoro: no puedo leer ni distingo las fisonomías porque el centro de mi visión es... como mirar a través de una pecera con unos anteojos empañados. Pero conservo cierta visión periférica y, mirando de soslayo, puedo andar sin tropezar... todavía. Pero, mejor cuénteme de usted. ¿Vino a México de vacaciones? ¿O a reportear?

—Un poco de ambas cosas. Renté un auto. Conducir es mi vicio, mi idea del relax, del verdadero descanso, y me fui de excursión a Cotija, en Michoacán, que es el último reducto de los Legionarios de Cristo... ya sabe usted lo que ha pasado con esa gente.

—Conozco el lugar —dijo Ordaz, animado por la charla entre colegas—. Siempre fueron gente... poco comunicativa, y ahora deben de estar más cerrados que nunca. ¿Les dijo usted que escribe en el diario, que es vocero oficial del Vaticano?

—Oficioso, no oficial. ¡Por supuesto no mencioné a *L'Osservatore Romano!* En realidad, no fui a Cotija a reportear, sino a saludar a un viejo amigo que ahora forma parte del equipo de... visitadores que el Vaticano comisionó para, digamos, auditar a los legionarios. Sólo estuve ahí unos días y seguí mi excursión. En Jalisco conocí un hermoso pueblecito serrano, Mazamitla, donde...

—...donde usted, inocente turista, tropezó por casualidad con la presidenta electa, que casualmente tiene por ahí un rancho dedicado a la crianza de caballos de carrera, pura sangre, y donde está ahora encerrada con su «grupo compacto» preparando su plan de gobierno y protegida por un triple cerco del Estado Mayor presidencial... ¡No me diga que usted, inocente turista, por pura casualidad logró meterse disfrazado de caballerango y pudo charlar amistosamente con la presidenta electa! —rio Ordaz, al parecer olvidado de su migraña.

—No, no me disfracé de caballerango —rio también Giuliani—. En realidad, tenía una cita para una charla *off the record*, concertada desde Roma. Yo conocí a la presidenta electa hace años, cuando ella era una economista de segunda fila en el servicio de recaudación de impuestos, ¿cómo se llama?

—El SAT: Servicio de Administración Tributaria. Como el IRS, el Internal Revenue Service de los gringos.

—*Proprio così.* Yo estaba muy interesado en el tema del lavado de dinero y ella también: más que interesada, parecía obsesionada. Me pareció brillante pero era muy retraída, casi tímida, y una fumadora compulsiva. Tal vez era todavía muy joven, aunque ya era madre de familia. No podía imaginarla luchando con los viejos dinosaurios de la política ni, mucho menos, convertida en presidenta. Perdón, ayúdeme con mi español: ¿el cargo oficial es presidente o presidenta?

—La palabra presidenta no existe en español. Pero aquí la usamos para halagar a las mujeres, que suman más de la mitad del padrón electoral. Así disimulamos el machismo y las manipulamos mejor.

—Sí, en Italia hacemos lo mismo. Pero ahora, tres, cuatro años después, su «presidente» electa no me parece fácil de manipular. La encontré madura, decidida, aferrada a su propia agenda. Y avejentada.

—Hace un año nadie pensaba en ella para la presidencia —dijo Ordaz en el tono deliberado que solía usar en sus tiempos de *anchor person*—. Pero ya sabe usted lo que pasó. Primero, el enjuiciamiento por lavado de dinero de la docena de empresarios, banqueros y financieros más importantes del país: *los Doce del Patíbulo*, como los bautizó la prensa en alusión a aquella vieja película, ¿recuerda...?

—*Certamente!*

—Entonces nadie la conocía, pero ella se fajó las faldas y dirigió el operativo —precisó Ordaz, sin ocultar su admiración.

—Recuerdo perfectamente. «*Operazione Al Capone*», dijeron los periódicos en mi país, porque no los atraparon por crímenes de sangre sino idéntico que a Capone: por evasión fiscal.

—Gracias a eso todavía están en la cárcel —siguió Ordaz—. Pero a partir de entonces se intensificó la guerra. A continuación vino el asesinato del secretario de la Defensa, el descubrimiento de la infiltración del narco en Los Pinos y en la Suprema Corte, los atentados en el congreso...

—Y los secuestros —contribuyó Giuliani, masajeando sus largos dedos—. El mayor impacto mediático en Europa lo produjo el secuestro de la hija de la presidenta y el modo heroico en que la madre de la víctima encabezó la investigación y logró liberar a la muchacha… Fue maravillosa la manera en que esa madre se enfrentó a la mafia. En Italia entendemos de eso.

—Mucha gente empezó a volcarse a su favor porque de pronto la vieron como el único político honrado y valiente. Cuando se publicaron los detalles del caso, la marea se volvió avalancha. Lo que en mexicano llamamos *la cargada*. ¿Conoce esa expresión?

—Por supuesto. Siga, me interesa mucho.

—Un periodista acuñó el lema justo para la campaña: aprovechando el nombre de pila de la señora, empezó a llamarla *Dama Esperanza*. Entre los políticos, todos, menos los descerebrados, tuvieron que apoyarla, incluso los dinosaurios más canallas.

—La Dama Esperanza. La esperanza. Perfecto.

—En seis meses ganó una mayoría aplastante: más del setenta por ciento del voto popular y mayoría de dos tercios en el congreso. El primero de diciembre asumirá la presidencia y nadie sabe qué va a hacer con tanto poder. ¿Logró usted sacarle algo? ¿De veras se propone desplazar a los políticos tradicionales y ampliar los derechos políticos de la Iglesia, de los sacerdotes, de los militares? ¿Veremos coroneles y generales diputados, curas senadores, generales secretarios de Estado?

—No está loca. Sabe perfectamente que es muy fácil sacar a los gorilas de sus jaulas y muy difícil volver a meterlos. Y esto se aplica por igual a los militares que al clero de ultraderecha, los ayatolas católicos. También sabe que el Vaticano no quiere una mayor intromisión en la política mexicana, sino todo lo contrario: abstenerse, retraerse, no meter las manos.

—¿Lo sabe la presidenta? Yo no lo sabía, y me precio de mantenerme muy bien informado. Este 2012 es un año crucial para México y los Estados Unidos. Las elecciones presidenciales de ambos países sólo coinciden cada doce años, y estamos metidos en una guerra brutal contra una confederación mafiosa trinacional, no sólo mexicana. Y vamos perdiendo, porque los *mafiosi* están más dispuestos que nosotros a morir peleando sin soltar el hueso, como bulldogs. Lo mismo que les pasó a los gringos en

Vietnam. ¿Y la Iglesia ordena retirarse a cuarteles de invierno, abandonarnos, no ayudar?

—Más o menos. Eso mismo, con un fraseo más diplomático, es lo que digo en un artículo que debe estar en la edición de hoy de *L'Osservatore Romano*. Puede leerlo en Internet.

—¡Hombre! ¿Y qué opina ella, la presidenta? Usted, que tenía la puerta abierta, debió quedarse más tiempo en Mazamitla, a ver si lograba sacarle algo a ella o a sus colaboradores. No es regaño, pero...

—No pude. Me avisaron que el nuncio me recibirá esta tarde. Entregué el auto en Guadalajara y tomé el primer vuelo disponible. Este nuncio es muy influyente en Roma.

En ese momento, el capitán anunció que se iniciaba el descenso para aterrizar en el DF, y ordenó enderezar los respaldos de los asientos y ajustar los cinturones de seguridad.

—¡Necesito seguir hablando con usted! ¡Hay cosas que debo contarle! —resopló Ordaz.

—Sí —convino Giuliani—. Me conviene seguir hablando con usted, pero no ahora. Esta noche, después de hablar con el nuncio, debo volar a Roma. Volveré en una, dos semanas, y lo buscaré. Por ahora, sólo puedo aclararle que no son de carrera. Los de la presidenta, quiero decir. Son caballos finos pero no para competir. Están entrenados para equinoterapia, tratamiento de niños autistas: el marido de la presidenta es psiquiatra, especialista en equinoterapia. Pero usted ya sabe eso.

—Vamos, amigo —dijo Reyes Ordaz, incorporándose vivamente tan pronto como sintió que las ruedas del avión tocaban tierra. La migraña se había esfumado.

Otro que en esos momentos iba sobre ruedas era Fermín Robledo, deslizándose en patines por entre los cargadores de equipaje que esperaban la salida de los pasajeros del recién llegado vuelo de Los Ángeles y Guadalajara.

Fermín se desplazaba con mesura y aplomo, sin tropezar con carriolas, ancianos o velices. Aprovechando que era alto para su edad y que los patines le agregaban varios centímetros, el muchacho procuraba parecer mayor que sus trece años y mimetizarse con los *boy scouts* de quince, dieciséis, diecisiete que, en tiempo de vacaciones, con destellantes chalecos amarillos encima del tradicional uniforme, integraban patrullas de asistencia al viajero en aeropuertos y terminales de autobuses.

Pero esta mañana la principal ocupación del grupo de Fermín, la patrulla Jaguares, no era vigilar a niños traviesos ni señalar a los viajeros la ubicación de los sanitarios, sino detectar a los llamados *periscopios,* espías encargados de alertar por celular a los asaltantes que merodeaban por las autopistas aledañas para atracar a los clientes de las casas de cambio del aeropuerto.

Los patrulleros como Fermín también llevaban celulares, no sólo para intercomunicarse sino para fotografiar disimuladamente a los sospechosos, que nunca parecían maleantes sino vacacionistas enfundados en jeans y playeras de diseñador o viajeras enigmáticas o hermanitas de la caridad.

Fermín, que además de idólatra de la tecnología era hábil con las manos, había dotado a su celular de un ingenioso aditamento, un espejito que, desplegado en ángulo de cuarenta y cinco grados ante la lente de la cámara, le permitía observar y fotografiar a cualquier sospechoso que estuviera situado a su costado mientras fingía enfocar al frente, por ejemplo, a un bebé que se embadurnaba la nariz con helado de chocolate.

Fue espiando de soslayo como Fermín divisó primero la alta y corpulenta figura de Reyes Ordaz, cuya desordenada melena plomiza sobresalía del gentío; y lo vio inclinarse levemente para estrechar la mano de un hombrecito flaco, calvo, de cráneo puntiagudo y aire furtivo. De inmediato Fermín marcó el número de su jefe de patrulla, Omar Ortega:

—Ya desembarcó —dijo Fermín ante el micrófono—. Se está despidiendo de un cura.

—Sí, los veo. Pero no veo ningún cura: nomás un tipo flaco y pelón, vestido de negro —contestó Omar, que a los dieciséis años recién cumplidos procuraba parecer más ponderado, como corresponde a un guía *scout* jefe de una patrulla de alto prestigio, como los Jaguares.

—Pues tiene ojos saltones y dedos largos. Si no es cura, debe de ser psicólogo, de esos que también escuchan las confesiones de las personas —retrucó Fermín.

—Ya déjate... Vamos a recibir al maestro —ordenó Omar.

Giuliani y Ordaz, que sólo traían equipaje de mano, se hicieron a un costado para permitir el paso de otros viajeros y sus maletas.

—Ahí está —dijo Giuliani—. Ese uniformado, con un letrero con mi nombre. Debe de ser el chofer que me manda el nuncio. ¿De veras no quiere que lo lleve a algún lugar, don Reyes?

—No, mil gracias, Cosme. Mis muchachos ya vienen por mí.

A través de la pecera empañada que le nublaba la vista, Ordaz alcanzó a entrever el brillo de los chalecos amarillos de Fermín y Omar, que se acercaban sorteando bultos olvidados y viajeros errantes. Giuliani tendió sus largos dedos para despedirse una vez más y de inmediato se reunió con el uniformado chofer de la nunciatura.

Afuera, al rayo del sol y en una larga fila de vehículos de todo tipo, aguardaba *La Aceituna*. No lejos, estacionada a la sombra en lugar prohibido y vigilada de cerca por un policía del aeropuerto, también esperaba la camioneta de la nunciatura, una deslumbrante Hummer blanca, con vidrios polarizados y placas diplomáticas. Giuliani y el chofer abordaron y el reluciente vehículo partió como las grandes naves, sin ruido ni premura.

Al llegar su turno en la fila, *La Aceituna* se detuvo en el lugar reservado para el ascenso de pasajeros y Reyes Ordaz, Omar y Fermín treparon rápidamente, para partir de inmediato.

—¿Ésta es la famosa *Aceituna*? Huele a carro nuevo —dictaminó de entrada Ordaz, palpando los asientos, el toldo, la portezuela de su lado y tratando al mismo tiempo de medio ver de reojo a los ocupantes del asiento delantero.

—Sí, maestro: al fin estamos estrenando —contestó alegremente la piloto, Rosa María Aldana, *Pinky*, una pelirroja dorada como un durazno pero de perfil afilado y modales decisivos, vestida enteramente, hasta la cachucha con que se sujetaba el pelo, del color de su vehículo, verde olivo.

Aunque *La Aceituna* tenía casi el mismo tamaño que la camioneta de la nunciatura y cierto aire de familia, no era una Hummer climatizada, acicalada, sino un auténtico Humvee, el HMMWC (*High Mobility Multipurpose Wheeled Vehicle*) que en la última década del siglo anterior había reemplazado al legendario jeep de la Segunda Guerra Mundial.

Pero este particular Humvee le debía menos a su fabricante original que a la paciencia y destreza de la pareja de jóvenes mecánicos que ahora lo conducían, Pinky y su copiloto, Manuel Medina, ambos de dieciocho años. Manuel era un muchacho flaco pero ancho de hombros, de brazos nervudos y manos cuadradas.

—¡Hola, Manuel! —alzó la voz Reyes Ordaz para hacerse oír sobre el ruido del viento y el tráfico.

—¡Hola, maestro! —contestó Manuel casi sin volverse, porque llevaba media cabeza fuera de la ventanilla, absorto en el zumbido del motor—. ¡Perdóneme, estoy escuchando una bujía que no parece que nos dé la chispa debida!

—No le haga caso, maestro —bromeó Pinky—, es paranoico, pobrecito.

Pinky y Manuel, que unas veces decían ser novios y otras se presentaban como amigos, habían dedicado todo su tiempo libre durante los últimos dos años, desde la repentina muerte del padre de Manuel, a recorrer *yonques* y deshuesaderos para pepenar aquí y allá las refacciones que necesitaban para resucitar el maltrecho HMMWV que el finado padre de Manuel, un exquisito artesano especializado en la restauración de autos antiguos, había adquirido en un remate de chatarra del ejército. Tan obsesivamente se había dedicado la pareja a la reconstrucción del vehículo, que las condiscípulas de Pinky murmuraban que la chica aún era virgen porque ella y Manuel no habían tenido tiempo para diversiones.

—Ahí adelante va la Hummer de su amigo, el cura —dijo Fermín, «siempre listo», como cumplido *boy scout*, para servir de ojos al maestro semiciego.

—¿Cura? No, mijo, es periodista —corrigió Ordaz afectuosamente.

—Bueno —accedió Fermín—. Al fin, los periodistas también escuchan confesiones de sus entrevistados, como los curas y los psicólogos, ¿verdad?

Nadie le contestó porque de pronto todos, menos Ordaz, vieron que cincuenta metros adelante una gran pipa de gas trepaba en reversa por una de las rampas de salida del viaducto y, tras permitir que la Hummer de la nunciatura continuara su camino, bloqueó totalmente los tres carriles de la vía rápida.

A continuación la acción fue tan rápida que entre los ocupantes de *La Aceituna* nadie, excepto Fermín, se acordó de narrarle a Ordaz lo que estaban viendo.

Primero, un viejo Volkswagen despintado que resbalaba por el carril de baja velocidad se estrelló contra una de las llantas de la pipa, casi tan alta como el pequeño auto. Como el impacto fue sólo de lámina contra neumáticos, produjo poco ruido.

—¿Qué fue eso? ¿Un alcance? —preguntó Ordaz.

Nadie pudo contestarle porque en ese momento, aprovechando que *La Aceituna* frenaba bruscamente, un taxi Tsuru los rebasó por la derecha y fue a estrellarse contra el Volkswagen ya despachurrado. Este impacto sí fue ruidoso, pero resultó casi ahogado por el rechinar de las llantas de una *pick up* Cheyenne que violentamente rebasó a *La Aceituna* por la izquierda y fue a impactarse contra la rueda trasera de la pipa de gas.

—¡Cuidado! —ordenó Manuel con voz ronca—. ¡Si uno de ésos se incendia, la pipa va a estallar!

*La Aceituna* se había detenido en seco sin desviarse un milímetro, gracias a que sus sobredimensionados frenos de disco no estaban montados en las ruedas, como en los autos convencionales, sino a la salida de los diferenciales.

—¿Qué pasa? ¿Quién va a estallar? —preguntó Ordaz.

En vez de contestarle, Pinky ordenó:

—¡Agárrense! ¡Nos vamos por el talud: para eso tenemos doble tracción!

Todos se aferraron a los robustos tubos y barras de seguridad que abundan en los Humvees: todos menos Fermín, que se encaramó en su asiento para abrir la tronera que estos vehículos tienen en el techo, no para recreación sino para montar ametralladoras o lanzacohetes. Por ahí sacó el muchacho la cabeza y vio lo que los otros no podían ver:

—¡Están asaltando la Hummer del nuncio! —gritó como narrador de futbol en un partido de vida o muerte—. ¡Son policías! ¡Atravesaron sus patrullas en la autopista, dos patrullas, para obligar a la Hummer a frenar! ¡Ahora sacan a golpes y jaloneos al chofer y… lo arrojan a la cuneta! ¡Lo van a ultimar! ¡Y ahí anda revoloteando tu helicóptero, maestro Reyes! ¡Filmando la masacre!

En ese momento el piloto del helicóptero abrió el micrófono de su radio para comunicarse con su controlador:

—Atrás de la Hummer venía un vehículo militar, controlador. Pero quedó bloqueado por la pipa. Tenemos la Hummer perfectamente acorralada. No tiene escapatoria.

—¿Vehículo militar? —carraspeó en los auriculares del piloto la voz del controlador—. Eso no me gusta, *Pájaro*. ¿Qué hace? ¿Trata de pasar por algún lado?

—Ahora mete reversa, pero tiene que frenar para no chocar con un microbús. No tiene salida —explicó el Pájaro a su controlador.

Efectivamente, en medio de un agudo giro en reversa, Pinky había vuelto a clavar los frenos y, para evitar que Fermín cayera de su puesto de vigía, Reyes Ordaz abrazó las piernas del muchacho. Al mismo tiempo preguntó:

—¿Seguro que es el helicóptero de *Hoy y aquí*? ¿Le ves el logotipo?

—El sol no me deja ver. Pero, ¿quién puede ser, si no? —contestó impaciente Fermín—. ¡Un momento! ¿Qué pasa ahora...?

—Ahora —informaba en ese momento Pájaro a su controlador—, un soldadito se asoma por el techo, por esa ventanita que estos carros tienen en el toldo, tratando de ver qué pasa... Pero no creo que vea nada: la pipa le tapa la visual. ¿Quiere que los vigile de cerca, que los ahuyente?

—Negativo, Pájaro. No queremos interferir con el ejército. Retírate del área ahora mismo. Y ustedes, interceptores, procedan, ¡ya!

Desde lo alto, Pájaro tenía la perspectiva errónea. En cambio, estirando el cuello como jirafa, Fermín sí lograba ver lo que pasaba más allá de la pipa de gas:

—¿Qué hacen esos policías? ¡Abrieron la puerta del lado del pasajero! ¡Van a matar al cura, digo, al periodista! ¡Uno de los policías se subió en lugar del chofer y otro del lado del psicólogo, digo, del periodista! ¡Se lo van a llevar! ¡Ahí arranca la Hummer a toda velocidad, y las patrullas le abren paso! ¡Secuestraron al cura periodista, para torturarlo y hacerlo pozole!

—Yo no oigo disparos —dijo Omar, al tiempo que trataba de quitar de en medio a Fermín para adueñarse de la estrecha tronera. Pero Fermín no cedía ni un centímetro.

En ese instante, un ruidoso microbús rebasó velozmente a *La Aceituna* por el acotamiento y, sin tiempo para frenar, trató de esquivar la pipa atravesada en el camino, pero acabó volcándose en la cuneta y rodando por el camellón.

—¡Sácanos de aquí ahora mismo, Pinky! —urgió Manuel—. ¿Ves el combustible regado en la pista? ¡Esto va a volar en cualquier momento!

—¡Sí, sí, hombre! —rechinó Pinky mientras forcejeaba con el volante—. ¡Tuve que frenar porque ese güey microbusero se nos venía encima! Ahora agárrense: ¡ahí nos vamos!

Pinky soltó bruscamente el *clutch*, pisó a fondo el acelerador y el Humvee saltó como leopardo furioso.

—¡Esperen! —gritó Fermín desesperadamente—. ¡El chofer se escapó y viene corriendo por la cuneta! ¡Cojea, pero corre! ¡Se sujeta la gorra con la mano izquierda, no, la derecha, para que no se le vuele! ¡Lo van a balacear por la espalda! ¡Tenemos que salvarlo!

Pinky frenó el Humvee aún medio despegado del suelo y el pesado vehículo cayó como fulminado sobre sus llantas delanteras. Pero los reforzados neumáticos militares resistieron el golpe y Omar, que ya había abierto la portezuela de su lado, sacó medio cuerpo, atrapó en el aire al aterrorizado chofer y de un jalón lo metió de cabeza en el Humvee, con todo y gorra calada hasta los ojos.

Pinky volvió a proyectar el Humvee a plena potencia y el vehículo se lanzó de nariz por el talud, libró la pipa atravesada en la rampa y con un salto brutal alcanzó la calle lateral, se metió por la salida en el estacionamiento de un supermercado, cruzó el lugar como un tornado, salió a la calle de atrás, dobló en la esquina rechinando sobre dos ruedas, entró en un paso subterráneo y salió a una tranquila calle bordeada de árboles frondosos, a cuya sombra Pinky estacionó tranquilamente.

—¿Qué tal? —preguntó Pinky por sobre el ronroneo del motor.

—Bárbaro —dijo Manuel, recuperando apenas el aliento.

—Su-bli-me —tartajeó Omar.

—Estrujante —contribuyó Reyes Ordaz mientras trataba de enfocar su visión periférica en el chofer de la nunciatura, que ahora forcejeaba por quitarse la gorra que traía encajada hasta las orejas.

Ordaz se disponía a hablar, pero Pinky se le adelantó:

—¿Cómo está el chofer? ¿Está herido? ¿Hay que llevarlo a un hospital...?

—¡No, no! —profirió el chofer a través de la cachucha que casi le cubría la cara—. *Sono bene!*, sólo me torcí un tobillo.

—¿Qué dice? ¡Yo conozco esa voz! —exclamó Ordaz.

—Sí, soy yo —dijo con su profundo tono Cosme Giuliani, quitándose al fin la gorra—. Gracias a Dios que usted me salvó la vida, don Reyes.

## 2 Libertad, igualdad, fraternidad

—Creo que me querían a mí, no al chofer —dijo Cosme Giuliani con el aliento aún entrecortado.

—O sólo querían la camioneta. Los asaltos se han vuelto epidemia en ese viaducto —propuso Reyes Ordaz para tranquilizarlo—. Me parece que...

—Seamos prácticos —interrumpió Pinky—. Si no hay que ir al hospital, ¿quiere ir a una agencia del ministerio público, a denunciar el ataque?

—No mientras no sepamos algo más —cortó Ordaz —. Si los atacantes eran policías, ir a la policía sería suicida.

—Entonces —dijo Pinky—, vamos al Cuartel Central a planear algo inteligente. No podemos quedarnos en la calle.

—Sí. Si esos tipos son lo que pienso que son, ya deben de andar buscándonos, con todo y helicóptero —convino Manuel.

—Para masacrarnos —contribuyó Fermín.

—Plausible —reconoció Reyes Ordaz—. ¡Vámonos!


—Lo que me preocupa es ese vehículo militar, ¿cómo se llama? ¿Humvee?, que iba tras la Hummer, como escoltándola —dijo la voz de Máximo, que reconstituida por el *scrambler* sonaba reseca, abrasiva.

—Desapareció —respondió el controlador—. Recogió al chofer, se lanzó de clavado por el talud y aterrizó en la calle lateral, pero en vez de perseguir a la Hummer se metió a un supermercado. Ordené al Pájaro no seguir al Humvee porque no queremos meternos con el ejército, ¿no?

—No, no queremos. El chofer no importa. Si está herido se lo llevarán a un hospital y tardarán en tomarle declaración. Servirá de distracción: van a demorar horas antes de empezar a buscar a nuestro prisionero.

—El prisionero va en camino al punto de reunión, perfectamente custodiado por dos perfectos policías y escoltado por dos patrullas. La pipa ya se quitó del paso, el tránsito se normalizó y nuestro pequeño convoy siguió su camino: una patrulla al frente, la Hummer en medio y otra patrulla atrás. El prisionero debe de sentirse muy tranquilo, con tanta protección.

—Perfecto. Es vital que el prisionero no sufra daño y llegue tranquilo y confiado al resguardo. Comunícate cuando lleguen —carraspeó Máximo y cortó la comunicación. Casi inmediatamente se encendió un foco rojo en la consola del controlador.

—Aquí controlador. ¿Qué pasa, interceptor?

—Tenemos un problema —dijo la voz atiplada del interceptor—. El prisionero se murió.


Para no atraer atención indebida, Pinky condujo parsimoniosamente y no olvidó detenerse en un centro comercial con estacionamiento techado, para comprar provisiones a salvo de espías voladores. También encendió la radio, a la pesca de noticias.

Mientras Pinky, Manuel, Omar y Fermín iban de compras, Reyes Ordaz se comunicó con su esposa, Licha, jefa de noticias del turno matutino del noticiario *Hoy y aquí*. No, ningún *pájaro* de la televisora había presenciado el accidente en la autopista del aeropuerto, de modo que se podía sospechar plenamente del helicóptero avistado por Fermín.

—Ustedes, ¿están bien? —preguntó Licha.

—Sí —la tranquilizó Reyes —. Vimos el accidente desde lejos. ¿Y mi hijo, cómo va?

—Feliz de la vida, creciendo en mi santa barriga. Te dejo, papá: tengo trabajo —dijo Licha y cortó.

—Esperamos un niño para diciembre. Claro que, por ser el primero, podría adelantarse —explicó Ordaz.

—Sí, suele suceder —asintió el italiano—. ¿Su esposa también es periodista?

—Sí. Ya trabajaba conmigo y siguió en el noticiario cuando yo tuve que irme. Ahora es jefa de noticias en el turno de la mañana. Dice que no alcanzaron a mandar ningún pájaro a cubrir el accidente.

—Entonces, ese helicóptero que revoloteaba era de los sicarios —concluyó Giuliani.

—No necesariamente —refunfuñó Reyes Ordaz, como hablando consigo mismo—. Podría ser de alguna radioemisora o de la policía. Ya veremos.

—Ya veremos —murmuró quedamente Giuliani, como un eco—, pero creo que iban por mí.

En ese momento volvieron los compradores con bolsas y paquetes, y reemprendieron la marcha.

El corto viaje dio tiempo a Ordaz para poner en órbita al abrumado Giuliani y explicarle las circunstancias. Estos muchachos, se explayó el maestro, llamaban Cuartel Central al recoleto campus del Instituto Gorro Frigio, donde todos ellos tomaban un curso especial entre el bachillerato y la universidad y él, Reyes Ordaz, les impartía la asignatura de Crítica de la Comunicación. Este instituto...

—...al lugar acudieron ambulancias de la Cruz Roja y del Escuadrón de Rescate —chilló en ese momento el radio— y trasladaron a los heridos a diversos nosocomios...

—¿Por qué los periodistas dicen nosocomio en vez de hospital? —preguntó Fermín.

—Shhhh, deja oír —le ordenó Omar.

—...pero el chofer del microbús, cuya identidad aún se desconoce, dejó de existir a bordo de la ambulancia que lo conducía al Hospital Central de la Cruz Roja...

—Ahí deben de andar Roberta y Erasmo —dijo Pinky—. Hoy les tocaba guardia.

—Shhh, deja oír —rechistó Omar, pero la radio ya no agregó nada relevante: los vehículos accidentados habían sido retirados por grúas de la policía y los bomberos se habían encargado de lavar la vía, para evitar más accidentes. La pipa de gas causante del percance había huido del lugar y aún no aparecía. De las patrullas, verdaderas o disfrazadas, los policías, verdaderos o disfrazados, la camioneta de la nunciatura y el helicóptero no identificado, nada se dijo.

—Erasmo y Roberta. ¿Siguen juntos esos dos? —preguntó distraídamente Omar.

—No —informó Pinky—. Pero se quieren mucho, como amigos.

—Ya se nubló, ya va a llover —dijo Manuel, otra vez con media cabeza fuera de la ventanilla—. No veo rastros de ese helicóptero, pero me da mala espina. Quiero meter esta Aceituna bajo techo lo antes posible, para que no puedan avistarla desde el aire.

—Ojalá tenga oportunidad de conducirla —dijo Giuliani—. Me interesan estos vehículos.

—Bueno, la verdad, ya la tenemos vendida —se excusó Manuel—, mañana vendrá el comprador para llevársela a su rancho en Querétaro.

—Qué bueno. Así nadie podrá encontrarla en el DF —dijo Reyes Ordaz y retomó su tranquilizadora charla con Giuliani—. Con nosotros estará seguro, Cosme, hasta que todo se aclare. Ahora, en vacaciones de verano, no hay personal en el instituto, excepto un matrimonio de cuidadores, pero estos jóvenes y yo mantenemos una guardia porque las noticias nunca paran... como acabamos de ver.

En ese momento rompió a llover y ya no pudieron hablar porque el aguacero atronaba en el toldo de acero del Humvee.


El instituto ocupaba una veintena de cabañas de piedra rosada, oscuros troncos de encino y tejados de terracota, diseminadas en los suaves desniveles del Refugio de los Venados, un vallecito de no más de diez hectáreas pobladas de cedros y oyameles en un rincón de la serranía de Monte Alto, a menos de cincuenta kilómetros de los linderos del DF pero en otro mundo y otro clima, a casi tres mil metros sobre el nivel del mar. Aquí todavía no llovía pero estaba nublado y de los cerros se deslizaba una brisa que olía a tierra mojada. El paisaje era esplendoroso.

—Este instituto no hace publicidad ni abre inscripciones al público en general. Sólo ingresan chicos especiales, de alto IQ, que nos derivan maestros de otros colegios donde no saben cómo manejarlos. Aquí, en vez de cortarles las alas, les enseñamos a ser líderes —explicó Ordaz a Giuliani—. ¿Cómo va su tobillo? ¿Puede caminar?

—Sí. Hay que caminar como soldado, aunque duela. Así decía la *mia nonna*.

Echaron a andar parsimoniosamente por los senderos enladrillados.

—Formar líderes —dijo Giuliani mientras pisaba con pies de plomo—. Es lo mismo que persiguen el Opus Dei, los jesuitas y los Legionarios de Cristo, cada quien con sus propios colegios y universidades. Pero ustedes parecen más recatados. ¿Qué son ustedes, masones? —preguntó Giuliani sin rodeos.

—Tal vez. El lema del instituto es como el de la Revolución francesa: libertad, igualdad, fraternidad —respondió Reyes Ordaz—. No sé si los directivos sean masones, ni me importa: aquí soy solamente un periodista caído en desgracia a quien los dueños, unos empresarios generosos, concedieron asilo.

—¿Qué enseña usted a esos chicos? ¿En qué consiste esa Crítica de la Comunicación?

—En enseñar a los futuros líderes a usar, aprovechar y, sobre todo, a defenderse del periodismo, las encuestas y las estadísticas; e incluso a manipular la comunicación en el sentido que da la Real Academia Española al verbo manipular: intervenir con medios hábiles «y, a veces, arteros», en la política, el mercado y aun la industria de la comunicación, en beneficio de los intereses del dirigente. Para bien o para mal.

Giuliani lo pensó un momento y al fin concluyó:

—Pues sí. Son masones, lo cual es perfecto para mí: nadie va a sospechar que este notorio articulista del periódico del Vaticano se refugia entre masones. Necesito tiempo para hallar el modo de comunicarme con el nuncio y regresar a Italia sin ser detectado.

Regresaron al Cuartel Central, un aula habilitada para albergar la redacción de un periódico electrónico no llamado *Hoy y aquí*, como el noticiario de televisión antaño dirigido por Ordaz, sino *Lo que vendrá*, por alusión a los jóvenes que ahí maduraban.


La catilinaria que soltó Máximo al recibir la noticia de la muerte del prisionero incluía una sarta tan variada de insultos que, reconoció el controlador, varios le eran desconocidos, aunque todos eran en castellano o regionalismos iberoamericanos.

Pero la retahíla se cortó tan bruscamente como había empezado y, sin transición, Máximo retomó su habitual tono seco, quirúrgico:

—¿Seguro que el cadáver no tiene marcas, hematomas, signos de violencia?

—Seguro —dijo el controlador, tragando saliva—. Sencillamente, se reclinó en el asiento de la Hummer y se murió sin piar, como fulminado. Le falló el corazón: yo fui enfermero y vi casos parecidos.

—De acuerdo. Estacionen la camioneta en un lugar discreto,

donde tarden horas en encontrarla. Dejen las llaves pegadas y el cadáver en el asiento del copiloto, correctamente sujeto con el cinturón de seguridad. Parecerá que el chofer, al verlo morir, se asustó y optó por bolsearlo y huir. Saquen todo lo que tenga en los bolsillos, en su ropa: llaves, billetera, papeles, libretas, dinero, documentos. Además, quiero todo su equipaje. Intacto.

—Sólo traía una maleta de mano, de ésas con rueditas que se pueden llevar en la cabina del avión, un portafolios y una *laptop*.

—Lo quiero todo. Intacto. Además, hay que averiguar a qué hospital llevaron los militares al chofer y eliminarlo. No quiero cabos sueltos —dijo Máximo y cortó abruptamente.


Además de pizza de tres sabores había pollo adobado al ajillo y rostizado a la leña. Giuliani declaró que la zozobra le había dado hambre y comió más de medio pollo, pero ni probó la pizza.

A la espera de novedades, tenían una radio a bajo volumen sintonizada en una estación de noticias, donde un comentarista divagaba sobre la posible integración del futuro gabinete de la presidenta electa; y dos televisores en *mute* cuyas pantallas mostraban escenas casi idénticas de dos telenovelas apenas diferentes. Pero nada del incidente de la mañana en la autopista.

—*Black out* —dijo Giuliani con la boca llena de pollo al ajillo.

—No tanto. Tal vez, *to play it down*—opinó Reyes Ordaz, que prefería la pizza con abundante *mozzarella*.

—¿Podrían hablar en cristiano, por favor? —imploró Fermín.

—En periodismo, *black out* es silenciar, ocultar una noticia. Y *to play it down* es bajarle el tono, restarle importancia —accedió a explicarle Manuel.

—Caray —dijo Fermín, maravillado—, ¿dónde aprendes tanto inglés?

—Leyendo *Popular Mechanics*. Come, que te vas a quedar sin pizza.

En ese momento se oyó que un auto se estacionaba ante la puerta del Cuartel Central. Omar fue a ver por la ventana:

—Roberta y Erasmo —anunció—. Seguro traen noticias.

Con dieciocho años ya cumplidos, Roberta Villa era una morena clara, esbelta y vibrante; Erasmo Rivera, de la misma edad, era alto, pálido y cauteloso. Ambos parecían mayores, con el peculiar aplomo de personas capaces de aplicar inyecciones intravenosas y administrar respiración boca a boca. No quedaba pollo ni pizza, pero los recién llegados dijeron que ya habían almorzado en la cafetería de la Cruz Roja. Sólo aceptaron café.

La momentánea distracción no les permitió oír el comienzo del noticiario:

—...contrada en el estacionamiento subterráneo de dicho establecimiento, pero los encargados no la vieron llegar ni observaron quién la conducía; y sólo repararon en la lujosa camioneta cuando otro conductor les avisó que en su interior había una persona dormida o enferma...

—Los secuestradores mataron al chofer —se adelantó Fermín—. Creyeron que era este señor, aquí, don Cosme, y se lo echaron.

—¡Deja oír, Fermín, por favor! —lo acalló Pinky.

—...mioneta con placas diplomáticas resultó pertenecer a la Nunciatura Apostólica, cuyo vocero dijo que el vehículo había sido enviado al aeropuerto capitalino a recoger a un distinguido viajero...

La misma noticia ya estaba siendo difundida por televisión, como *flash* informativo del noticiario *Hoy y aquí*. El distinguido visitante, había revelado el secretario de la nunciatura, era el periodista italiano Cosme Giuliani, enviado especial del periódico del Vaticano, *L'Osservatore Romano*. Todo parecía indicar que esta camioneta era la Hummer que horas antes había estado cerca del grave accidente provocado por una pipa de gas en las inmediaciones del aeropuerto y que el periodista visitante, cuyo cadáver no mostraba heridas ni señales de violencia, había perecido a causa de una crisis cardiaca...

—Pero no murió, aquí está sano y salvo y se comió todo el pollo —contribuyó Fermín.

—Mucho gusto, señor Giuliani —dijo Erasmo, tendiendo la mano para saludar al italiano—. Le presento a mi colega, Roberta Villa.

—Encantada... —dijo a su turno Roberta— de no haber tenido que recogerlo en nuestra ambulancia.

Pensativo, Manuel se rascó el labio superior, un tic desarrollado desde que Pinky lo había persuadido de rasurarse el bigote:

—Que lo crean muerto nos da un respiro —murmuró el muchacho—, pero pronto descubrirán que el muerto es el chofer y que el pasajero se les escapó en nuestra *Aceituna*. Y saldrán, con todo y helicóptero, a la caza de don Cosme y *La Aceituna*. Ahora mismo voy a ocultarla y traer otro auto: al cabo, en el taller tengo varios —y se marchó.

—Bien pensado —aprobó Reyes Ordaz—. Nosotros, mientras tanto, vamos a recapitular y planear. Para lo cual necesito... ¿queda café?

Sentado al frente del aula ante el escritorio de editor en jefe, Reyes Ordaz recuperó el tono de paciencia didáctica que usaba en la cátedra:

—Antes de intentar armar el rompecabezas, vamos a disponer las piezas en el pizarrón, a ver qué tenemos y qué nos falta. Enumeremos los hechos.

Pinky se apoderó del teclado y, mientras hablaba, empezó a escribir en el pizarrón electrónico:

—Primero, lo que no fue: no querían robar la Hummer, porque la tuvieron en su poder y no se la llevaron; y, segundo, no conocían muy bien al señor Giuliani...

—Sólo Cosme, por favor —interpuso el italiano—. Entre colegas...

—...no lo conocían muy bien —siguió la chica—, porque lo confundieron con el chofer, que era....

—...que era parecido: bajito, flaco, perdón, delgado; y pelón, perdón, calvo —aportó Omar.

—...que era bastante parecido para confundir a unos sicarios que sólo lo conocían por foto. ¿Voy bien?

—Muy bien, amiga —intervino Roberta—. No querían la Hummer pero tampoco matar a don Cosme. Lo confundieron con el chofer pero no lo mataron: se les murió del susto.

—No, no querían matarlo —opinó Erasmo juiciosamente—. Si hubieran querido matarlo, lo habrían hecho en la autopista. ¿Para qué arriesgarse a llevárselo con todo y camioneta?

—Buen punto —sentenció el maestro Ordaz—. ¿Por qué querrían secuestrarlo, Cosme? ¿Su familia o su periódico pagarían un buen rescate por usted?

—No, hombre —contestó Giuliani—. En Italia nadie paga rescates. Ya sabemos que al que transa con la mafia le ven cara de fácil y vuelven a secuestrarlo dos, tres, cuatro veces. Le pasó a uno de mis tíos.

—Tampoco querían dinero —concluyó Pinky mordisqueando un lápiz—. Lo más valioso que lleva un periodista no lo trae en la billetera sino en la memoria: lo que le contaron, lo que averiguó, lo que sospecha. Iban a torturarlo, por supuesto, para sacarle algo que don Cosme averiguó en su viaje. Sólo después lo matarían, para impedirle publicar la historia. ¿Usted piensa lo mismo, verdad don Cosme?

Todos se volvieron a ver a Giuliani. El italiano asintió, en silencio.

—Según me contó en el avión —recapituló Reyes Ordaz—, usted estuvo sólo en dos lugares: Cotija, la capital de los Legionarios de Cristo, y Mazamitla, el refugio de la presidenta electa. ¿Algo más? ¿Algún secreto de confesionario traído del Vaticano? ¿Algún enredo de faldas?

—No, nada de eso —Giuliani sonrió por primera vez después del incidente de la autopista—. Sólo quería saludar a un viejo condiscípulo del seminario....

—¿Seminario? —saltó Fermín—. ¿No es ahí donde estudian los curas? ¡Les dije que era cura!

Ahora Giuliani rió con toda la boca:

—No, no soy sacerdote. Antes de ordenarme dejé el seminario, por culpa de una *macchina*.

—¿Una qué...?

—Un auto. Un Lamborghini azul acero. La conductora era una joven y empezamos a hablar de aceleración, de torque... Una cosa trajo la otra. Ya tenemos veinte años casados y dos hijos: el mayor está en el seminario, pero la menor es librepensadora, se dice socialista y proyecta estudiar arquitectura.

Todos rieron, pero no se distrajeron:

—Cotija y Mazamitla —enumeró Roberta, extendiendo dos dedos—. Voy a descartar Mazamitla, un lugar que conozco muy bien: es una pequeña ciudad, muy pequeña, donde todos se conocen, muchos son parientes, no hay secretos y nadie puede ocultarse, ni siquiera la presidenta, aunque se encierre en su rancho. Y no podemos sospechar de la presidenta porque ella sabe qué le dijo y qué no le dijo a don Cosme, y no necesita torturarlo para arrancarle secretos —plegó uno de sus dedos y alzó el otro—. Queda Cotija. ¿Averiguó usted en Cotija algún terrible secreto de los legionarios?

—¿Aparte de todo lo que ya se sabe? No, nada nuevo —volvió a sonreír Giuliani—. Además, mi artículo sobre las tribulaciones de los legionarios debe de estar en el periódico de hoy: no me guardé nada, de modo que ellos tampoco necesitan torturarme.

—A lo mejor, o a lo peor, ellos sospechan que usted averiguó algo más —observó Erasmo rascándose una oreja—. Los criminalistas dicen que muchas veces los testigos saben más de lo que creen saber. Algo que el testigo vio, le contaron, oyó sin darle importancia. Y el maestro Ordaz dice que lo mismo les pasa todos los días a los reporteros.

—No creo, no recuerdo. La verdad —dijo Giuliani—, me estoy devanando los sesos desde el ataque de esta mañana, y no encuentro un motivo para que me persigan.

—Debe de ser algo importante —insistió Erasmo—. Nadie mueve un helicóptero, una pipa de gas, patrullas, policías... todo por nada.

Giuliani se limitó a menear su puntiaguda cabeza, sin hablar. Reyes Ordaz entró al rescate:

—Dejemos esa línea abierta y vayamos a otra cosa —propuso—. Desesperarse por recordar un nombre, una fecha, un número, no conduce a nada: pensemos en otra cosa mientras el recuerdo vuelve por sí solo. Por ejemplo, ¿quién organizó el atentado? ¿Quién mandó a los sicarios? Cosme, usted me dijo que su regreso al DF fue repentino: nomás fue al aeropuerto, entregó su auto rentado y tomó el primer vuelo. El motivo de su regreso era para entrevistarse con el nuncio. Aparte del nuncio, ¿quién más sabía de su llegada, amigo Cosme?

—Nadie, que yo sepa —murmuró el italiano.

—Lo cual significaría que el nuncio o un funcionario de la nunciatura mandó a los sicarios —dijo Pinky sin dejar de mordisquear su lápiz—. Pero no lo creo.

—Yo tampoco —se apresuró a cortar Giuliani—. No conozco mucho a este nuncio, pero si me pidió que viniera de inmediato, era porque tenía, y aún tiene, algo importante que decirme. Debo hallar el modo de comunicarme con él y hacerle saber que estoy vivo. Sin delatarme, por supuesto.

—Lo cual significa —resumió Erasmo— que los sicarios no sabían a qué hora llegaría usted, en qué vuelo. Tenían que estar de guardia en el aeropuerto, esperándolo.

—Excepto que el chofer de la Hummer fuera su cómplice y los tuviera informados —terció Omar, pero se corrigió inmediatamente—. No, no va por ahí: si hubiera sido cómplice de los atacantes, no habría permitido a don Cosme conducir la Hummer ni le habría prestado su gorra. Eso fue lo que confundió a los sicarios.

Después de su pifia acerca de la profesión de Giuliani, Fermín se había abstenido de interrumpir a los mayores; pero ahora clavó un codazo en el costado de Omar. En vez de enojarse, Omar comprendió de inmediato y habló a dúo con Fermín:

—¡A lo mejor tenemos la foto!

—¡Por supuesto! —comprendió Pinky. Dejó caer su lápiz, tomó el teléfono celular que le tendía Fermín y en un instante lo conectó al pizarrón electrónico.

—Los *boy scouts* están ayudando a descubrir en el aeropuerto a los *periscopios* que acechan a los viajeros y eligen candidatos para asaltarlos. Disimuladamente, los chicos fotografían a los sospechosos —explicó Ordaz a Giuliani—. A ver si usted reconoce a alguien.

En el pizarrón se abrió una ventana y empezaron a desfilar las fotos de hombres, mujeres, policías, viejitos.

—A ver, a ver... El anterior, el de la boina vasca —dijo de pronto Giuliani. Con un leve clic Pinky volvió atrás y amplificó la foto del sujeto con boina—, a ése lo reconozco. Primero lo vi en la oficina del director de Comunicación Social de la legión. Después, sentado con amigos a una mesa en la cafetería del hotel donde me alojé en Cotija. No parecía observarme. Pero supongo que me siguió hasta México. Tal vez me siguió también a Mazamitla. ¿Por qué? ¿Para qué?

—Es el trabajo del *periscopio* —dijo Omar—: identificar a la presa y ponerla a tiro de los cazadores.


Después de la lluvia la tarde olía a limpio y Manuel abrió una rendija en la tronera del Humvee para recibir la brisa fresca y, de paso, espiar el cielo. Si no lo hubiera hecho tal vez no habría oído, en el fragor del tránsito del Periférico, el crepitar del helicóptero que parecía venir tras él. «Parece —se dijo el muchacho—, no debo entrar en paranoia». Se encajó la gorra de chofer que Giuliani había abandonado por ahí, abrió completamente la tronera y puso en ejecución el plan en que había pensado para el caso de sentirse descubierto: salió del Periférico y enfiló directamente, sin prisa, a una de las puertas laterales del Campo Militar metropolitano. «Vamos a ver a tus hermanitos», le dijo al Humvee afectuosamente.

—Ahí va el Humvee —dijo el Pájaro al controlador—. No me ha visto, porque no toma precauciones. Lo conduce el chofer que se nos escapó: alcanzo a verle la gorra. Va tranquilo y no se oculta.

—Interceptores Uno y Dos: listos para interceptar. Tú, Pájaro, no lo pierdas.

—No lo pierdo —respondió el Pájaro—. Ahorita no lo veo, porque lo tapan unos árboles, pero ahí está: no tiene por dónde irse.

Manuel no tenía intenciones de irse, por ahora. Estacionó pero no apagó el motor: lo dejó en ralentí y se dispuso a esperar. En esta avenida menos transitada, por momentos alcanzaba a percibir a través de la copa del árbol que lo encubría, el traquetear del rotor del helicóptero. Aquel pájaro no se iba: revoloteaba pacientemente, como zopilote. Cinco minutos después se abrió un portalón en el muro perimetral del Campo Militar y salieron varios vehículos: un par de camiones de transporte de tropa, una ambulancia y un par de Humvees, todo pintado de verde olivo. Tranquilamente Manuel metió *drive* y se sumó al convoy.

—¿Interceptamos? —preguntó el Interceptor Uno con su vocecita atiplada.

—Ni locos —dijo el controlador—. No podemos extraerlo de un convoy militar. Aborten la operación: hay que saber perder.

Y se dispuso a enfrentar la ira de Máximo.

# 3 Sorpresas en ambulancia

Las sesiones de trabajo en el Cuartel Central terminaban entre cinco y seis de la tarde, cuando la esposa de Reyes Ordaz llegaba por su marido y el grupo se desbandaba. Antes había que tomar disposiciones prácticas que, generalmente, corrían por cuenta de Pinky, quien usaba su lápiz mordisqueado para anotar los pendientes en una libretita de la que nunca se desprendía:

—Seamos prácticos —dijo la pelirroja—. Ya está por llegar doña Licha y aún no nos organizamos. Vamos por partes.

Así, por partes, decidieron que Giuliani se alojaría esa noche en la cabaña de los Ordaz en el cercano pueblecito de Santa María Jiloma, donde el maestro había enclavado su refugio, que él llamaba «ermita». En el instituto no quedaría nadie, pero dejarían activadas las videocámaras de visión nocturna, por las dudas.

Roberta, que era huérfana de madre y cuyo padre administraba un hotel en la Riviera Maya, pasaba estas vacaciones en casa de Pinky, cuya madre había decretado que las jovencitas debían retornar al abrigo del hogar antes de sonar las diez, ni un minuto después. Se irían en el Renault de Roberta.

En vista de que Giuliani había perdido su equipaje, Manuel se encargaría de llevar a los muchachos a comprarle atuendo de recambio, menos rígido y más veraniego, como de turista despreocupado. ¿Una peluca? Habría que pensarlo... A propósito, ¿dónde estaba el sólido y siempre confiable Manuel?

Pinky ya empuñaba el celular cuando, casi simultáneamente, junto al Renault azul de Roberta se estacionó el Toyota rojo de doña Licha y un cupé Corvette Impala plateado, tan reluciente que, si no hubiera sido modelo 1956, habría parecido recién salido de la concesionaria Chevrolet. Obviamente, era, como *La Aceituna*, otra obra de arte del taller de la familia Medina. De la reliquia emergió Manuel y se apresuró a ayudar a salir del Toyota a la muy embarazada doña Licha.

Licha era muy joven, muy delgada —excepto por su barriga sobredimensionada—, de rostro pequeño y ojos que parecían grandes y asombrados tras los desmesurados anteojos de miope, de los cuales no se libraba por temor a la cirugía.

Después de las presentaciones (Giuliani esbozó el gesto de casi besar la mano de la *signora* Ordaz), Manuel narró su breve aventura con aquel helicóptero en el Periférico:

—...me agregué al convoy militar y no se atrevió a seguirme. Cuando el pájaro se esfumó, me escurrí por una calle lateral y en mi casa escondí *La Aceituna* en el fondo del garaje. El comprador vendrá por ella mañana a primera hora: qué alivio.

—Lástima que no llegué a conducirlo —se resignó Giuliani—. Voy a tratar de conseguir en Italia un vehículo como ése.

Antes de irse, Pinky recitó la lista de pendientes. Eran los más gruesos. Primero, poner a Giuliani en comunicación secreta con el nuncio. («No», dijo el italiano: «lo pensé mejor: en su oficina puede haber *periscopios*. Prefiero comunicarme con él desde Roma, si llego a Roma».)

Segundo, aparte de vestirlo de turista despreocupado, habría que meterlo en un vuelo a Roma. Giuliani tenía su dinero y pasaporte, pero no podía usar su propio documento sin delatarse. Había que conseguirle un pasaporte ajeno o falsificado. ¿Cómo? Pendiente.

Tercero, si andaban persiguiendo a Giuliani para extraerle algo de su conversación con la presidenta —lo cual no se podía descartar—, había que prevenir, por las dudas, a la dama recluida en Mazamitla. ¿Cómo hacerlo? Pendiente.

Por último: ¿qué hacer con los Legionarios de Cristo y sus ubicuos espías?

—No se preocupen por eso —dijo Giuliani—. Yo me encargaré de ellos desde Roma. Si llego.

La ermita de Ordaz era una cabañota que él mismo había diseñado cuando aún veía lo suficiente para dibujar. El terreno era un triángulo de poco más de una hectárea al tope de una arbolada colina en las afueras del pueblecito, justo en el ángulo de una «Y» trazada por dos arroyuelos en los cuales a veces brincaban las truchas. A espaldas de la cabaña, del lado norte, una cadena de cerros protegía a la ermita de los vientos más fríos; y para ingresar al terreno por cualquiera de los otros dos lados del triángulo había que usar alguno de los dos puentecitos tendidos sobre cada uno de los arroyuelos.

La planta de la cabaña era un ancho círculo con tejado a seis aguas y, exactamente en el centro, un hogar para leños con su gran chimenea. Alrededor del hogar se extendía la estancia-cocina-comedor, un generoso círculo concéntrico sólo amueblado con una mesa en forma de riñón, sillas y poltronas dispuestas en torno del hogar. Los cuartos y dependencias se alineaban alrededor, distribuidos sobre el perímetro sin bloquear seis ventanales de piso a techo y anchos como puertas de cochera. Si el conjunto hubiera medido dos o tres metros más de diámetro, habría resultado frío y resonante, como una central de autobuses; pero así, en su justa proporción, era sorprendentemente acogedor.

Reyes Ordaz descorchó una botella de vino chileno y un diligente Giuliani ayudó a doña Licha a freír truchas en aceite de oliva español y mostaza francesa.

—Lo último que supe antes de salir de la redacción —dijo Licha antes de empezar a comer— fue que habían identificado el cadáver abandonado en la Hummer: un tal Jorge Peralta, chofer profesional, domiciliado en Ecatepec. Y eso significa que, periodísticamente, el señor Giuliani resucitó. Lo siento mucho, no por usted, don Cosme, sino por el precioso obituario que le teníamos preparado y que, por supuesto, quedó archivado.

—Espero que no tengan que usarlo en un futuro cercano —dijo el italiano y, con destreza de patólogo, de un solo tajo abrió una trucha en dos y le extrajo completo el delicado espinazo. Tomó un buen trozo de carne untada en mostaza y lo saboreó con deleite. Después bebió un sorbo de vino y suspiró, complacido. Sólo entonces se volvió hacia Ordaz—. Le envidio a sus discípulos, maestro. Después de oírlos razonar y analizar los hechos, me siento en buenas manos.

—Son grandes chicos —contribuyó Licha—. Me gustaría contratarlos como reporteros, a todos ellos, incluso al hiperquinético Fermín, pero papá Reyes no lo autoriza.

—Aún deben madurar —dijo Ordaz.

—¿Cómo los reclutó? ¿Dónde los encontró?

—En medio de una crisis, a pocos kilómetros de aquí, en la Barranca de Nopala, un recoveco serrano que yo nunca pisé, sólo lo conocí desde el helicóptero de *Hoy y aquí.* Ellos, la patrulla Jaguares de *boy scouts*, ayudaban a la Cruz Roja a vacunar contra el sarampión a los niños del rumbo, cuando se reventó una presa y los atrapó el aluvión. Mientras yo los filmaba desde el aire, estos muchachos actuaron como héroes y salvaron a los chiquillos del pueblo, empezando por Fermín, que desde entonces se les pegó como chicle.

—¡Extraordinario! ¡Qué reportaje! ¿No escribió usted esa historia?

—Yo no. La escribió un colega con ínfulas de novelista. Resultó una especie de reportaje novelado. Lo tituló *Después de la inocencia,* y va mucho más allá del incidente del aluvión. Y es que, jalando de la hebra y sin saber en qué se metían, estos muchachos toparon con una conspiración que involucraba a cuatro países: México, Belice, Guatemala y los Estados Unidos. Por supuesto, los gobiernos se negaron a comentar, confirmar o desmentir nada de nada y a mí la televisora me prohibió difundir rumores. ¿Quiere leer la historia?

—¡Por supuesto!

Licha se había anticipado y ya extraía un tomo de uno de los libreros que llenaban las paredes entre ventanal y ventanal.

—Pues aquí tiene el libro —dijo la señora—. Sólo le pido que no se vaya a leer a la cama, porque aquí vivimos con el sol, como las gallinas. *Buona notte*!

Al día siguiente, Giuliani cumplió la regla de pararse al salir el sol, una hazaña para él; pero en vez de sorprenderlos encontró a sus anfitriones ya bañados, peinados, perfumados y vestidos. Para acabar de despertarse, el italiano se metió bajo la ducha precipitadamente: se había desvelado leyendo hasta la madrugada. Por entre el chirriar de la regadera oyó el bramido de un potente motor de ocho cilindros y, cuando salió envuelto en un toallón, se topó con los muchachos, que le traían ropa nueva. Abrió la boca para hablar, pero no supo qué decir y volvió a cerrarla.

—Pruébesela, don Cosme. Si no es de su agrado, podemos cambiarla —dijo Erasmo precautoriamente.

—Se va a ver chido —dijo Omar.

—*Chido* quiere decir bonito, en mexicano —aclaró Fermín.

Aún alelado, Giuliani empezó a vestirse. La ropa interior era de corte normal pero de color inquietante: entre lila y carmesí. Los *blue* jeans no eran azules sino negros, tal vez muy ceñidos en comparación con lo que acostumbraba Giuliani, pero muy prácticos, porque, además de los bolsillos normales, tenían sendas bolsas adicionales a la altura de los muslos. La que sí era holgada y larga era la sudadera azul rey, que le llegaba hasta las rodillas; y lo más intrigante era un chaleco de piel negra con bolsas por todos lados, incluso en la espalda, como mochila. Para cubrirse la calva no le dieron una peluca sino una boina verde, como de las fuerzas especiales de la CIA.

Cuando salió así vestido de la recámara donde había pasado la noche, el italiano se enfrentó con doña Licha, que ya se marchaba.

—¿Cómo me veo? —preguntó Giuliani con un hilo de voz.

—¡Chido! —dijo Licha. Se despidió de beso y salió a toda prisa. Giuliani salió tras ella y, cuando la señora partió en su Toyota, se quedó un rato admirando el Impala 1956.

—Lamento mucho que no haya podido conducir *La Aceituna*, don Cosme. Ya se la llevó el comprador. Estaba tan feliz que se puso la gorra del chofer, que usted dejó por ahí. No tuve corazón para decirle que era la gorra de un muerto.

—No importa. Ya me daré el gusto de conseguir un Humvee en Italia —se consoló Giuliani.

—En cambio, puede conducir este Impala cuando guste. Así vestido, nadie lo reconocerá.

—Ya veremos. Cuando me acostumbre al disfraz —dijo el italiano y ambos rieron de buena gana.


El cupé Impala 1956 era admirable en muchos sentidos, menos en espacio interior, de modo que Manuel se dispuso a hacer al menos dos viajes para trasladar a todos al Cuartel Central. Primero llevó a los muchachos, debidamente apretujados, mientras daba tiempo a que Ordaz y Giuliani terminaran de desayunar.

—Impresionante el relato de la aventura de los Jaguares —comentó Giuliani mientras untaba mantequilla en su pan tostado—. Por supuesto, identifico a todos.

—No se lo diga a los muchachos —previno Ordaz después de tragar un gran bocado de huevos rancheros—. No les gusta ser identificados. Además, aquellos sucesos resultaron traumáticos para algunos.

—Sí, puedo imaginarlo. Seré discreto. Sólo hay un par de personajes que me gustaría identificar plenamente, hablar con ellos:

el «doctor Miranda», el agente del servicio de inteligencia militar que posaba como médico de la Cruz Roja, y «Mauricio Hernández», el experto en lavar dinero.

—Al «doctor Miranda» usted ya lo conoce. ¿De veras va a desayunar sólo café con leche y pan tostado con mantequilla? ¿Eso que los ingleses llaman desayuno continental?

—Sí, solamente —dijo Giuliani sin dejarse distraer—. ¿Miranda es el coronel Luciano Méndez, ahora jefe de seguridad y cancerbero de la presidenta electa? Parece el mismo, por el color de los ojos, que según cómo les dé la luz se vuelven transparentes, sin color, y el tic de juntar las manos sobre la mesa, enlazar los dedos y girar los pulgares uno alrededor del otro, primero en un sentido y después al revés, mientras piensa. ¿Es él? Por fin, ¿es médico o militar?

—Ambas cosas —explicó Ordaz—. Qué observador es usted. Gran reportero. El coronel Luciano Méndez es médico militar, adscrito al servicio de inteligencia del Estado Mayor Presidencial. Él y el esposo de la presidenta fueron condiscípulos en la Escuela Médico Militar. Los tres se conocen desde muy jóvenes. Tanto Méndez como el esposo de la presidenta se retiraron hace años del servicio activo, creo que por díscolos y respondones, pero Méndez fue reincorporado a raíz de ese operativo contra los narcos que se cuenta en el reportaje.

—Y supongo que Luciano Méndez y el ejército ayudaron a la señora cuando el secuestro de su hija.

—Por supuesto. Cuando la presidenta resultó electa, era natural que pusieran a Méndez a cargo de la seguridad de ella y su familia.

—Sí —reflexionó Giuliani—. Se ve que la señora confía plenamente en este coronel. ¿Y Mauricio Hernández? ¿Quién es?

—Se llama Atenor Rivera. Es el padre de nuestro Erasmo. Pero al señor Rivera no podrá entrevistarlo porque está en la cárcel, procesado por lavado de dinero, y se niega a hablar, mucho menos a conceder entrevistas a la prensa.

—*Omertà*. El código del silencio.

—*Certamente* —asintió Ordaz—. Don Atenor sólo recibe a su hijo y a su abogado. La caída de su padre es un trago amargo que Erasmo aún no acaba de digerir. Ahí oigo la carcacha de Manuel. ¿Vamos? Si quiere más café, puede tomarlo en el Cuartel Central.

Al llegar al Cuartel Central casi coincidieron con el Renault azul de Roberta y una ambulancia de la Cruz Roja. Del Renault bajaron Pinky y Roberta. De la ambulancia, un médico y dos paramédicos. El doctor era corpulento, canoso y de ojos muy claros; y sus fornidos ayudantes no se movían como camilleros sino como paracaidistas, lo que en verdad eran. Ambos escanearon el entorno y se plantaron junto a la ambulancia y a espaldas del médico, que avanzó hacia Ordaz y Giuliani, tendiendo la mano para saludar:

—Qué gusto me da verlo con vida, señor Giuliani. Aunque sea con ese... atuendo —dijo el médico.

A Giuliani le tomó un par de segundos reaccionar:

—¡Usted, aquí, coronel, con ese... atuendo!

Aún tratando de enfocar de soslayo a los recién llegados, Ordaz asumió de inmediato el papel de dueño de casa y anfitrión:

—Es una grata sorpresa, aunque nos llegue en ambulancia, coronel. Entremos, por favor. Roberta, Pinky: ¿qué podemos ofrecer a los visitantes? ¿Tenemos café?

Ya adentro, Méndez saludó afectuosamente a los jóvenes que años atrás habían sido «sus» Jaguares, cuando el médico militar aún trabajaba en la Cruz Roja y asesoraba a los *boy scouts*:

—Cuando oí en las noticias que al parecer el señor Giuliani fue rescatado por un Humvee verde olivo y en el ejército me dijeron que ninguno de sus vehículos había andado cerca del accidente, de inmediato recordé *La Aceituna* que traía desvelados a Manuel y Pinky y deduje que mis *boy scouts* andaban por ahí, haciendo la buena acción de cada día. Fui a la Cruz Roja a preguntar por ustedes a mi viejo camarada, el doctor Javier Rendón, quien ahora está en mi antiguo puesto; y ahí encontré a Roberta y Pinky, que accedieron a mostrarme el camino de este escondite. ¡Hermoso lugar! ¡Es otro mundo!

—Estos muchachos me salvaron la vida —dijo Giuliani.

—No lo dudo —dijo el coronel y se volvió hacia los jóvenes: les pasó revista con su desconcertante mirada transparente, sin pestañear, y a continuación habló con voz más profunda—. Yo confío absolutamente en ustedes, como si fueran mis camaradas. Después de aquello que nos tocó vivir hace tres años... Pero debo juramentarlos de nuevo: nada de todo este asunto, nada de lo que aquí hablemos, debe salir de estas cuatro paredes. Lo mismo vale para usted, señor Ordaz. Enseguida le daré prueba de mi confianza, a cambio de su... bueno, a usted no puede pedirle «palabra de *boy scout*», sino su palabra de honor.

—La tiene. Ciento por ciento —dijo Reyes Ordaz en tono de promesa solemne.

Luciano Méndez asintió gravemente y pasó al siguiente punto de su agenda mental:

—Y usted, señor Giuliani, ¿de quién sospecha?

Antes de responder, el italiano bebió la mitad de su taza de café negro y caliente:

—Todavía no sé quien mandó a los sicarios, pero he estado pensando y empiezo a tener una sospecha. Ya no confío en la nunciatura: pienso que ahí puede haber un espía, un periscopio, como dicen los muchachos. Prefiero viajar a Italia cuanto antes. Allá debo hacer... averiguaciones.

—Creo recordar algo —interrumpió Ordaz—. Este nuncio, ¿no era del grupo de aquel cardenal incómodo que tuvimos por aquí hace cuatro, tres años, y que de pronto desapareció de México después... después de aquel asunto en... ¿Puerto Cangrejo? ¿Punta Piratas? ¿Esos lugares en Quintana Roo, cerca de Belice?

—El mismo —asintió el coronel Méndez.

—Yo sé de quién se trata —se atrevió a intervenir Erasmo—, mi papá solía mencionarlo.

Giuliani dio un brinco:

—Yo debería hablar con tu papá, Erasmo. Tal vez tú...

—Difícil —cortó Erasmo—. Yo voy a verlo esta tarde y podría preguntarle, pero es difícil. No quiere hablar de aquellos asuntos con nadie, ni conmigo.

—Supongo que lo hace por tu seguridad, Erasmo —dijo Méndez—. Pero usted podrá averiguar más sobre estas personas en Roma, en el Vaticano, señor Giuliani. Espero que pueda usted volar esta noche o mañana. Por supuesto, no puede usar su pasaporte, aunque lo tenga. Yo le conseguiré uno a otro nombre, esta misma tarde. Pero primero debo llevarlo al Hospital Militar: la presidenta quiere hablar con usted. Y aquí va mi prueba de confianza, señor Ordaz: también lo verá a usted. Rigurosamente *off the record*, por supuesto.

A bordo de la ambulancia, el coronel explicó que el motivo principal del repentino viaje de incógnito de la presidenta al DF era someterse a una revisión médica. La noche anterior habían volado en un avión militar a una base aérea cercana a la capital y de ahí, en helicóptero, directamente al hospital:

—Optamos por el Hospital Militar porque es de los mejores del país y tal vez el más seguro.

La segunda preocupación de la presidenta, agregó Méndez, era Giuliani: la señora quería comunicarle novedades y asegurarse de que el italiano llegara sano y salvo a Roma con sus noticias.

La presidenta ocupaba una suite especialmente resguardada por una veintena de «enfermeros» que, igual que los «paramédicos» de la ambulancia, parecían paracaidistas disfrazados de blanco. El coronel instaló a Ordaz en una salita de espera y condujo a Giuliani a la suite de la presidenta. Regresó al minuto.

—Van a hablar un rato. Aprovechemos para platicar. Cuénteme de usted, señor Ordaz. Por supuesto, supe de su problema de vista. Como todo el país. ¿Está en tratamiento?

—Sí. Voy todos los meses a Los Ángeles. Me inyectan Lucentis. Es muy doloroso.

—Lo sé. Y muy caro. Yo puedo hacer que el mismo tratamiento se lo apliquen aquí, en este hospital: le presentaré al jefe de oftalmología. ¿De acuerdo?

—¡Claro! ¡Hombre, coronel, mil gracias! Yo...

—No lo agradezca. A cambio, la presidenta y yo vamos a usarlo como analista crítico de la comunicación. Ésa es su cátedra, ¿verdad?

—Sí. Tenemos una publicación *on line, Lo que vendrá,* dedicada...

—La conozco —dijo el coronel en su tono de paciente impaciencia—. Me interesa lo que ustedes han averiguado y lo que usted opina sobre la situación militar. Están investigando ese tema, ¿verdad? Sé que han entrevistado a varios jefes y oficiales.

—Todo *off the record.* Nadie quiere decir nada abiertamente.

El coronel cruzó las manos sobre sus rodillas y empezó a girar los pulgares, primero en un sentido y luego al revés.

—Nuestra impresión —tanteó Ordaz el terreno— es que, en medio de la guerra, la presidenta está atrincherada en el centro de un doble cerco: el primer círculo lo forman los militares en quienes ella confía, empezando por usted. Todos los que hemos podido detectar son relativamente jóvenes: ninguno pasa de coronel.

—¿El segundo cerco? —preguntó Luciano Méndez, sin pestañear.

—Está formado por los militares que no confían en los militares en quienes confía la presidenta. Son de mayor edad. Casi todos generales. Puedo citar algunos nombres, si los necesita.

—No. No los necesito. ¿Qué pretende el segundo cerco, el círculo exterior, los generales?

—Lo mismo que siempre demandan los generales en todas las guerras: más dinero para adquirir más blindados, más aviones, más naves, más, más, más. Si las guerras no se ganan es porque los políticos no dan lo suficiente.

—Y esperan que la presidenta les dé lo suficiente —dijo el militar, muy razonablemente.

—U obligarla a que les dé. Yo creo que piensan obligarla.

El coronel dejó de girar los pulgares pero siguió con la mirada fija en Ordaz, sin pestañear. Al fin habló:

—¿Y el círculo interior?¿Qué pretenden los que gozan de la confianza de la presidenta?

—Ayudar a la presidenta a hacer lo que ella quiera hacer. Pero no sé qué es lo que ella quiere. ¿Lo sabe usted, coronel?

—No. Su esposo y yo fuimos condiscípulos y a ella la conocí antes de que se casaran, pero es tan reservada que... bueno, nunca pude leerle la mente.

En ese momento se les unió Giuliani, que salía de la suite de la presidenta. El italiano parecía agobiado por difíciles pensamientos.

—Señor Giuliani —dijo el coronel Méndez, al tiempo que oprimía un botón—, vamos a hacer su nuevo pasaporte ahora mismo.

Se abrió una puerta y sigilosamente entró uno de los paracaidistas disfrazados de enfermero.

—Éste es el señor del pasaporte, capitán. Encárguese. Usted, don Reyes, por favor sígame.

La presidenta era tal como Ordaz había logrado entrever examinando fotos con lupa: de tez clara, cabello castaño recogido en la nuca y cara redonda, como una madona de Boticelli. Estaba en cama, con la sábana hasta la barbilla. Reyes Ordaz no podía distinguir las canas ni las ojeras en el rostro sin maquillar, pero sí percibió que el tono de voz de la señora era al mismo tiempo cansado y resuelto.

—Señor Ordaz, nunca nos conocimos pero soy una de sus antiguas fieles telespectadoras. Le presento a mi esposo y a mi hija.

Por lo que Ordaz pudo distinguir, la hija era gordita y se parecía a su madre en versión veintitantos años más joven. El esposo era alto y delgado, con profundas entradas que le ampliaban la frente y voz sedante, de psiquiatra.

—Le agradezco enormemente la protección que usted y sus

discípulos brindaron al señor Giuliani —dijo la presidenta—. Es imprescindible que el señor Giuliani llegue con bien a Roma: por favor, ayúdeme en todo lo que pueda. No, le ruego: no me pregunte nada. Pero en prueba de gratitud por su ayuda le anticipo dos noticias que aún no se publican: primero, la secretaria de Estado de los Estados Unidos vendrá a verme, no en visita oficial sino personal. Segundo, me van a extirpar un tumor del pulmón derecho. Parece que es cáncer, pero los médicos me aseguran que el tumor es pequeño y que mis posibilidades son buenas.

## 4 Atando cabos

Cuando al fin consiguió asiento en el microbús camino al reclusorio, Erasmo sacó del bolsillo de su chamarra azul marino (el color recomendado para visitar una cárcel sin ser confundido con los reclusos, uniformados en beige) y releyó una nota que él mismo había garabateado en un viejo cuaderno, años atrás. «No nos comunicamos. Solamente nos espiamos por la mirilla mientras forcejeamos con una llave chueca en una chapa herrumbrada...». Era lo que entonces sentía cuando trataba de hablar con su padre. «Típica prosa adolescente, entre hipersensible y cursi», se dijo. «Si se la leo se va a reír de mí. ¿O no? En dos años no sólo encaneció sino que se relajó. Se le quitó la constante ¿prevención?, ¿desconfianza?, ¿temor? Ahora cree que ya le pasó lo peor que podía pasarle y eso lo tranquiliza. Ojalá no se equivoque».

Los enjuiciados por delitos de cuello blanco, como lavado de dinero y evasión fiscal —incluidos los Doce del Patíbulo—, no estaban en cárceles de alta seguridad sino en una de las nuevas prisiones para procesados no violentos, destinados a ser liberados en meses o años, no en décadas, y con dinero para hacerse la vida confortable.

En el nuevo reclusorio de Milpa Alta, donde esperaba sentencia Atenor Rivera, incluso tenían cancha de tenis y alberca, construidas en el ancho patio de recreo con donaciones de algunos huéspedes distinguidos que, sin embargo, no lo frecuentaban, para no mezclarse con la población de medio pelo.

—Yo sentía exactamente lo mismo —dijo calmosamente el señor Rivera después de leer los garabatos de su hijo—. Pero estamos mejorando, ¿no crees? ¿O será la edad? A lo mejor estamos madurando.

Erasmo le retribuyó la sonrisa y su padre volvió a leer la hojita de cuaderno.

—Yo no sabría expresarlo con tanta exactitud. Bueno, soy economista, no escritor. En cambio tú tienes facilidad con las palabras. Te envidio. Deberías ayudarme con mi libro: ni te imaginas lo que me cuesta llenar una página.

Estaban sentados a una mesita de plástico en sillas de plástico bajo una sombrilla de plástico verde y amarilla, no lejos de la alberca en la cual nadie chapoteaba porque ya se había nublado y pronto empezaría a llover. Parecía el mustio jardín de un hotelito de segunda fuera de temporada, de esos con palmeras artificiales y que en Acapulco o Cuernavaca cobran como si fueran de cinco estrellas. Pero a la vista no había meseros, mujeres ni palmeras.

Con su playera y bermudas de reglamentario beige, su nariz de pompón y viejas huellas de risa alrededor de la boca, Atenor Rivera parecía un veterano anunciador de circo retirado a la sombra. El retiro le había sentado bien, pensaba el hijo: gracias al tenis y los tramos que nadaba cada mañana en la alberca, su cintura ya no medía más de noventa centímetros y las mejillas ya no le colgaban como globos desinflados.

—¿Estás escribiendo un libro? —preguntó Erasmo, de veras asombrado—. Sobre economía y finanzas, me imagino.

—No: sobre política. Aquí, la mitad de los presos escribimos libros culpando a los que todavía no caen por aquí. Escribir un libro es saludable: uno se siente superior. Cuando seas médico, podrás recetárselo a tus pacientes hipocondriacos.

—Creo que estoy cambiando de vocación. Ya no voy a estudiar Medicina.

—¡Hombre! No me digas que te vas a meter en Astronomía, como tu chava.

—Bueno. Roberta es mi amiga, no mi chava. Y parece que no va estudiar Astronomía sino Medicina.

—Válgame Dios. ¿Te cortó?

Erasmo no pudo evitar ruborizarse, lo cual lo empujó a hablar con dureza:

—Nada de eso. Somos buenos amigos.

—Perdona, hijo. No quise entrometerme. Nomás son las ganas de entrar en comunicación.

—No es nada. En realidad, no me importa —mintió Erasmo—. Creo que ha empezado a salir con un médico, un tipo mayor que nosotros y, bueno, ha empezado a interesarse por la Medicina. Yo, en cambio, estoy pensando en seguir Ciencias de la Comunicación: pero no estoy seguro. Mejor dime cómo va tu caso. ¿Qué dice tu abogado?

Atenor Rivera comprendió que su hijo quería cambiar de tema y se apresuró a complacerlo:

—Lo que siempre dicen los abogados: que el juez, o el tribunal colegiado o la Suprema Corte ya están a punto de conceder el amparo y que sólo es necesario algo más de dinero para «lubricar» los baleros del sistema. Pero siento que esta vez hay algo de verdad: algo se prepara, algo se está rostizando en el horno político. El rumor es que algunos de nosotros vamos a convertirnos en testigos protegidos a cambio de asesorar al nuevo gobierno en el tema del lavado internacional de dinero. Si se concreta, voy a salir pronto. Tal vez no tenga tiempo de completar mi libro.

—Cuéntame de tu libro. ¿De qué trata?

—De explicar al público en general la ciencia y el arte de lavar dinero, cuanto más sucio, mejor.

—Va a ser un *best seller* internacional. A propósito de dinero sucio internacional: un amigo del maestro Ordaz anda pidiendo referencias del nuncio apostólico, un allegado, creo, de aquel misterioso cardenal incómodo a quien, me parece, tú conociste. ¿Sabes algo de este nuncio?

—Creo, me parece, tal vez, me imagino —se burló Atenor Rivera— que no estás hablando como reportero sino como comentarista, ¿cómo les dicen?, «comentócrata». En concreto: ese sujeto es un genio. O era: nadie sabe dónde está ahora, si es que aún está. Pero nunca fue un verdadero cardenal. Le decían *el Cardenal Sottovoce*, en voz baja, porque el papa nunca lo nombró en voz alta. Los de su grupo no eran colaboradores sino cómplices. Puedes decirle al amigo de tu amigo que si estrecha la mano de ese nuncio, después se desinfecte con gel bactericida. Y con respecto a mi libro, ¿quieres que te preste las primeras páginas para que veas cómo voy? Me ayudaría muchísimo.


Después del mediodía, cuando ya empezaba a llover, la ambulancia que Luciano Méndez había tomado «prestada» de la Cruz Roja, se estacionó a la puerta del Cuartel Central junto al Impala de Manuel y el Renault de Roberta. Los «paramédicos» bajaron primero, escanearon detenidamente el entorno y sólo cuando dieron una señal descendieron el coronel Méndez, Giuliani y Reyes Ordaz, brincando para ponerse a cubierto del aguacero. Adentro encontraron a Pinky, Roberta, Erasmo, Manuel, Omar y Fermín, absortos en la televisión:

—...jército que ha tenido un doble cerco de seguridad —decía en ese momento la reportera de *Hoy y aquí*, lidiando con el micrófono, el paraguas y las ráfagas de viento y lluvia que por momentos le jaloneaban el impermeable y la falda. La periodista había plantado sus botitas de tacón mediano en el enlodado camellón ante la gran verja de hierro forjado que rodeaba los extensos jardines del Hospital Militar. A espaldas de la periodista se veían los vehículos militares que cercaban el establecimiento. Con las puntas de las uñas la chica se quitó el cabello de los ojos y siguió hablando—. El vocero de la presidenta electa se ha negado a confirmar o desmentir la versión de que la Dama Esperanza será sometida a una delicada intervención quirúrgica, pero se anticipa que esta misma tarde se dará a conocer un parte médico. Ahora devolvemos cámara y micrófono a nuestra programación habitual, pero aquí seguimos, para informar al instante de todo lo que ocurra, *Hoy y aquí.*

La imagen retomó bruscamente la escena de una telenovela en la que una mujer madura y un hombre muy joven se besaban acaloradamente.

—Caray, ustedes tienen espías en todas partes —rezongó el coronel Méndez—. Dejo al señor Giuliani a su cuidado, para que lo lleven al aeropuerto. Ya tiene su nuevo pasaporte y pasaje predocumentado. No lo acompaño yo ni lo mando con escolta para no llamar la atención. Yo me largo de regreso al hospital, a ver si puedo meter orden en el pandemonio.


Los seis miembros del comité también habían seguido con hipnotizada atención el *flash* informativo de *Hoy y aquí*. Pero cortaron el sonido cuando en la pantalla se reinició el besuqueo de la telenovela.

—¡Por Dios! —dijo el general Alfa, un hombre de silueta cuadrada que aun en ropa de civil parecía vestir uniforme—. ¿Esa ruca restirada todavía actúa? ¡Si debe de ser de mi edad! El galancito podría ser su hijo.

El complaciente jurista Gamma —tan influyente que seguían llamándolo ministro, aunque estaba retirado— respondió con su muletilla predilecta:

—De acuerdo. En la tele cada día hay más incesto. Sin embargo, ¿qué hacer? Mejor, vamos a lo nuestro.

Los miembros del comité se conocían perfectamente, pero en sus juntas usaban sus alias, no sus nombres, por hábito de seguridad.

La seguridad era la obsesión del grupo. Esta sala de juntas ocupaba una esquina del piso más alto —completamente vacío y con las puertas de escaleras y elevadores aseguradas con cerraduras bancarias— de una torre de treinta plantas tan nueva que todavía no tenía otros ocupantes. Las ventanas eran fijas, impracticables: sólo mostraban cielo, porque alrededor no había otro edificio de igual altura; y no era posible sacar la cabeza para ver abajo. Tampoco podían los miembros del comité ser espiados desde afuera, ni aun desde un helicóptero, porque vistos del exterior aquellos vidrios eran espejos.

—Al grano —dijo con impaciencia el ingeniero Beta, un sujeto de traje gris y rostro intenso—, ¿qué vamos a hacer con ella? Ésa es la cuestión.

—Totalmente de acuerdo. Ésa es la cuestión —repuso maquinalmente el ministro Gamma—. Sin embargo, no debemos precipitarnos: en política, la mitad de los problemas se solucionan por sí mismos. ¿Qué dice el ejército? ¿Por qué la trajeron de urgencia al Hospital Militar?

Antes de responder, el coronel Épsilon carraspeó discretamente, dispuesto a ceder la diestra al general Alfa; pero tomó la palabra cuando advirtió una señal de «luz verde» en la mirada de su superior:

—El cerco tendido alrededor de la señora por mi estimado camarada, el coronel Luciano Méndez, es muy estrecho, pero logramos saber que se sospecha de cáncer de pulmón, propio de una fumadora empedernida. Aun en caso de que la detección haya sido temprana y el tumor sea operable, la paciente puede morir en el quirófano o quedar incapacitada.

Monseñor Zeta, flaco y de mirada evasiva, era el miembro más nuevo del comité y todavía no confiaba plenamente en la seguridad de aquella sala:

—Esas ventanas —dijo cavilosamente—, ¿no es posible enfocarlas de afuera con micrófonos direccionales, de largo alcance, para captar la vibración de nuestras voces en los vidrios, y así...?

—¿Cómo en las cintas de espías? —dijo con leve sorna el ingeniero Beta, que había dirigido el acondicionamiento de aquel recinto—. No. Esas ventanas tienen dos vidrios, separados un par de centímetros uno del otro, como en estudios de grabación y cabinas de radio. El aire es el mejor aislamiento acústico. Y además, entre vidrio y vidrio hay unos minivibradores que bloquean cualquier sonido que pudiera filtrarse. ¿Conforme, monseñor?

—Sí, por supuesto. Sólo quería asegurarme —se excusó el prelado—. Volviendo al tema de la enfermedad de la pobre señora, lo peor que ahora podría pasarnos es que muriera, porque no tenemos recambio. No hay un sustituto aceptable. Sobrevendría el caos.

El almirante Delta, un tipo de andar felino que no perdía oportunidad de traslucir que sus largas semanas en alta mar le daban tiempo para cultivarse, no resistió la oportunidad de educar al comité:

—En ciertas circunstancias históricas, el caos es un fecundo caldo de cultivo para las transformaciones sociales y políticas —dijo reflexivamente, acariciándose el bigotillo gatuno—. Cuando se hunden en el caos, los pueblos claman por un gobierno sólido, fuerte, capaz de implantar disciplina. Hay que analizar las lecciones de la Alemania de Weimar, la Italia de la primera posguerra, la Rusia de Kerensky, el Chile de Salvador Allende o la Argentina de Isabelita Perón. A propósito de nuestra presidenta electa: el Servicio de Inteligencia Naval cree que se propone sacar de la cárcel a *la Dirty Dozen* (lo decía en inglés para lucir el *spanglish* que absorbía en las maniobras Unitas, conjuntas con la US Navy) para convertirlos en testigos protegidos y asesores de la presidencia. Hay que hacer algo al respecto.

—Totalmente de acuerdo —dijo el ministro Gamma—. La Dama necesita consejo. No tiene equipo, no tiene consejeros con experiencia...

—En concreto —cortó el general Alfa—. Si ella muere, ¿hay relevo o no hay relevo?

—Sí —dijo al fin sin rodeos el almirante Delta—, nosotros.

Al ministro Gamma la declaración del marino le pareció muy tajante y se apresuró a desafilarla:

—Por supuesto, claro está, tiene razón. Pero aún podemos demostrarle a la señora que necesita nuestra guía. Creo que aceptará nuestra influencia y no será necesario... pasar a mayores.

—¿No habrá que eliminarla, dice usted? Qué bueno: la mejor forma de ganar una guerra es que el enemigo se rinda antes de empezar el combate —sentenció el general Alfa.

El coronel Épsilon volvió a carraspear y, al no detectar oposición, empezó a hablar:

—Por nuestra parte, tenemos todo listo para el rescate de los Doce del Patíbulo, que en realidad son veinte, con sus subordinados. Sólo falta... —se interrumpió porque en la pantalla de la muda televisión apareció la señal de un nuevo *flash* informativo. Alguien pulsó el control remoto para aumentar el volumen.

—...caba de anunciar la cadena estadunidense ABC —decía en ese momento el anunciador de *Hoy y aquí*—. La secretaria de Estado llegará a la ciudad de México dentro de las próximas cuarenta y ocho horas y su visita será personal, no oficial, para interesarse por el estado de salud de la presidenta electa. Siga en esta sintonía. Lo mantendremos informado de todo lo que suceda *Hoy y aquí*.

—¡Ésta es la oportunidad! —exclamó el general Alfa tan pronto como apagaron el sonido de la televisión. Los ojos le centelleaban de entusiasmo. Descargó un manotazo sobre la mesa, como aplastando una mosca—. ¡Ahora, cuando la gringa esté aquí! Así comprenderán, los de acá y los de allá, que en este país no se puede gobernar sin nosotros. Que sin nuestra protección cualquier gobierno no dura ni una semana en este país.

En la pantalla reinició la telenovela. El comité no necesitó votar. La decisión de lanzar la operación se adoptó por unanimidad.

—De acuerdo, de acuerdo —dijo el ministro Gamma—, no hay que dejar cabos sueltos.

—Excelente nombre —palmoteó el general Alfa—: el rescate de los patibularios puede llamarse Operación Atando Cabos. Tan pronto como la gringa esté aquí. Coronel: encárguese de los detalles.

Cuando pasadas las cinco de la tarde y en medio de un furioso chubasco doña Licha llegó al Cuartel Central, el dispositivo para evacuar a Giuliani ya estaba planificado. Erasmo, Manuel, Omar y Fermín, uniformados como *boy scouts* y con los brillantes chalecos del programa de Asistencia al Viajero, se adelantarían a reconocer el terreno, a la caza de periscopios o moros en la costa. Irían al aeropuerto con la debida anticipación, apretujados en el Impala de Manuel.

—Nos reincorporaron al servicio activo —bromeó Manuel, al verse reflejado en el vidrio de una ventana—, como al coronel Méndez.

—El pantalón del uniforme ya me queda corto. Me puse botas para que no se me note. ¿Cómo me veo? —se preocupó Erasmo, pero Pinky y Roberta lo tranquilizaron: se veía Okey.

El coronel Épsilon era de hábitos conservadores y prefería conducir él mismo, sin chofer ni guardaespaldas, su Volvo, no nuevo ni vistoso pero sí en muy buen estado. Nunca usaba dos veces seguidas el mismo lugar para reunirse con Máximo y siempre lo hacían en estacionamientos subterráneos, mal iluminados. Hoy les tocaba un tercer sótano encharcado y maloliente en un centro comercial en decadencia, con clientela cada día más escasa. Y los pocos clientes eludían ese sótano porque los elevadores no funcionaban y, para acceder a las tiendas, había que subir por las sombrías escaleras. Tan pronto como emergió de la rampa, Épsilon entrevió en un fugaz reflejo el Peugeot negro de vidrios polarizados de Máximo, escudado, como siempre, entre dos columnas y enfilado hacia la rampa de salida. Al comienzo de su relación, Máximo había pretextado que una lesión en la rodilla le dificultaba bajar del auto y caminar, y Épsilon había accedido a salir del Volvo, ir al Peugeot, instalarse en el asiento trasero y desde ahí platicar con la nuca de Máximo, sin verle nunca la cara. Después la excusa se había vuelto costumbre. La nuca de Máximo no tenía pelo y Épsilon suponía que su agente se rasuraba totalmente la cabeza.

—El comité dice que sólo se te dará esta última y única oportunidad, Máximo —dijo el coronel cuando logró acomodarse en el asiento trasero del Peugeot, no muy amplio.

—Comprendo —repuso Máximo automáticamente.

—A menos que ya hayas encontrado al italiano.

—No, pero caerá. No ha entablado contacto con la nunciatura. Lo único que puede hacer es irse a Italia, y tenemos vigilados todos los vuelos a Europa, incluso los que hacen escala en los Estados Unidos o Centroamérica. Si pisa el aeropuerto, caerá.

—No te confíes. Podría irse por tierra a los Estados Unidos, Guatemala o Belice y de ahí volar hacia Europa. Al tipo le gusta conducir en carretera.

Máximo lo pensó medio segundo y comprendió que el coronel tenía razón:

—De inmediato pondré en alerta a nuestra gente en Belice, en Texas, en Guatemala... —refunfuñó como escolar regañado.


En el Cuartel Central se ajustaban los últimos detalles. Giuliani iría con Roberta y Pinky en el Renault de Roberta: dos hijas cariñosas acompañando al papá. Un padre extravagante, ya que el italiano luciría el disfraz que los muchachos le habían elegido. Su ropa formal la llevaría el viajero en una maleta de mano, para cambiarse en el vuelo y no pasar penas al desembarcar en... Asunción.

—¿Asunción, Paraguay? ¿Ése es el derrotero que le eligió Méndez? —se extrañó Licha—. ¿Con conexión inmediata a Roma?

—No —explicó Giuliani—. De Asunción tendré que volar, ya por mi cuenta, a Buenos Aires o Montevideo, y desde ahí pescar un vuelo hasta Roma. Esperamos que no me detecten en el aeropuerto, a la hora de mi vuelo a Paraguay no sale de México ninguno con destino a Europa.

Reyes Ordaz oprimió un botoncito en su reloj parlante y la voz de una chinita recitó en español: «Son las diecisiete horas y cuarenta y cinco minutos».

—Ya deben partir —dispuso el maestro—. Licha y yo iremos al rato y nos instalaremos en la cafetería, como esperando a un viajero. Ningún contacto entre nosotros, pero ahí estaremos, por las dudas. Cosme: cuídese mucho.

Se despidieron como amigos de toda la vida. Licha besó la frente del italiano, que prometió volver a México en pocos días.

—¿Va a regresar aquí, a ponerse en peligro? —se espantó Licha.

—Debo hacerlo —explicó Giuliani—. La presidenta me encargó una averiguación y debo traerle la respuesta personalmente.


Incómodo en el estrecho asiento trasero del Peugeot, Épsilon decidió, en vez de perder más tiempo sermoneando a Máximo, seguir adelante con su plan.

—El operativo para la extracción de esa gente —dijo el coronel— se llama Atando Cabos y hay luz verde a partir del momento en que la gringa pise este país. Si tienes éxito, lo del italiano quedará olvidado. Si no, despídete.

—No fallaré. Tengo todo listo.

—¿Los pájaros, bien disfrazados?

—No están disfrazados —dijo Máximo con un perceptible matiz de orgullo—, son auténticos, «prestados» por el nuevo escuadrón de cóndores de la policía del DF. Y serán piloteados por auténticos policías, no disfrazados, debidamente protegidos con órdenes escritas… de apariencia auténtica. A bordo de uno de los pájaros el único disfrazado de policía seré yo.

Aquello no encajaba con el plan de Épsilon:

—No, no es necesario que vayas tú a bordo. Basta con que esta vez los dirijas bien.

—Iré yo. El comité no me perdonaría otra falla, ¿verdad? Lo haré personalmente.

Al coronel no le gustaba esa idea. Pero decidió no insistir, para no sembrar dudas en el ánimo de Máximo en vísperas de la acción. En cambio pidió detalles de los helicópteros a usar.

—Los aparatos son nuevos, grandes —aseguró Máximo—, podríamos cargar a treinta o cuarenta pasajeros en total.

—Nada de eso —previno Épsilon—. Solamente queremos a los veinte de la lista que ya tienes. ¿Cuánto va a costar la «renta» de esta flotilla?

—No tanto. Por este trabajo los muchachos pidieron sólo el equivalente a sus salarios de un año, a pagar contra entrega.

—Está bien —asintió Épsilon—. A partir de tu señal, me mantendré a la espera en... —se interrumpió porque en el tablero del Peugeot sonó una suave chicharra—. ¿Qué es eso?

—Sólo un aviso para que encienda la radio. Parece que hay noticias. ¿Puedo?

—Adelante —consintió Épsilon.

—...y en disparos de armas de grueso calibre y gritos procedentes del recinto legislativo donde el gobernador debe rendir su tercer informe de gobierno, pero no logramos comunicarnos con nuestros reporteros en el interior de la sala de sesiones o la sala de prensa —estaba diciendo una voz nerviosa—. Los guardias de seguridad en el perímetro del palacio de la legislatura no nos permiten entrar, pero desde aquí seguimos pendientes de...

—¿Qué está pasando? ¿Sabes algo? —preguntó Épsilon.

—Parece que están liquidando al gobernador de Nuevo León, a sus ministros y a los legisladores. Gran carnicería —dijo Máximo con admiración.

—¿Sabes algo? ¿Son amigos tuyos?

—No, señor. Yo no tengo amigos.

—Okey —dijo el coronel, escurriéndose del Peugeot—. Estaré a la espera.

Cuando los tableros luminosos del aeropuerto anunciaron que el vuelo 328 de Air Paraguay con destino a Asunción había despegado puntualmente, Pinky y Roberta partieron por su lado, los muchachos por el suyo y los Ordaz emprendieron el largo trayecto de regreso a la ermita en Santa María Jiloma. Nadie había oído noticias sobre lo ocurrido en Monterrey ni detectado nada sospechoso en el aeropuerto. Ordaz y Licha habían tomado chocolate y pastelitos en la cafetería del aeropuerto y decidieron que ya no cenarían, pero en el camino pasaron por helado de capuchino, porque la señora experimentaba un repentino antojo.

Pensando en antojos, por asociación de ideas Reyes Ordaz dijo que, por lo poco que había podido ver, la joven hija de la presidenta le había parecido gordita.

—Nuestra reportera, que estuvo horas bajo la lluvia a las puertas del hospital, al fin consiguió permiso para pasar a una sala de espera y cambiarse los zapatos mojados. De refilón alcanzó a ver a la niña. No le pareció gordita sino muy embarazada. Pero en el piso treinta los altos mandos dictaron el *ucase* de no tocar el tema —comentó Licha mientras estacionaba el Toyota bajo un cobertizo, a las puertas de la ermita—. Vamos, papá: date prisa que se derrite mi helado.

Ya en su ancha estancia, Reyes Ordaz se dejó caer en su poltrona favorita, encendió la televisión y aceptó una copa de helado que le cedió Licha, mientras ella atacaba de lleno el bote de un kilo.

—¿De cuántos meses es estar «muy embarazada»? —preguntó el hombre, enjugándose de la barbilla un hilo de helado de capuchino.

—Seis, siete meses. Como yo —repuso Licha con la boca llena.

—Pues, entonces… —empezó a calcular Reyes Ordaz, pero la señora se le adelantó:

—Exactamente lo mismo pensé yo. Quedó embarazada cuando estuvo secuestrada —dijo mientras rechupaba la cuchara y dejaba en la mesa el bote de helado totalmente vacío—. Como los tres secuestradores murieron en la balacera, nunca sabremos quién fue el padre. A lo mejor, ni ella lo sabe, si fue violada por los tres.

—Si fue violación y no Síndrome de Estocolmo —murmuró Reyes Ordaz.

—Espera un minuto. Hablando de embarazos y pies hinchados... —corrió a quitarse las botas, volvió en pantuflas y, en vez de regresar a su silla, se acomodó en el regazo del marido.

—¿Síndrome de Estocolmo? ¿Significa que se enamoró de su captor, como Patricia Hearst? —preguntó la señora, ya somnolienta.

—Podría ser.

—Qué horror, pobrecita... —dijo doña Licha, pero de inmediato la distrajo algo para ella más importante—. Siente, papá: tu hijo me patea.

Él iba a decir «No me explico por qué no abortó», pero al posar la palma de la mano sobre el vientre de su mujer, sintió el suave golpeteo de unos diminutos talones, y decidió no usar la palabra aborto.

—Supongo que decidió tener el niño por razones religiosas. Todos en esa familia son muy católicos.

—Pobrecita chava —murmuró Licha—. Sube el volumen: parece que hay noticias.

Las había y de tal calibre que doña Licha brincó en las rodillas del marido, repentinamente despabilada. *Hoy y aquí* había obtenido «de manos anónimas» un video grabado apenas horas antes por las cámaras de seguridad de la legislatura de Nuevo León, cuando un comando de sicarios uniformados como guardias del poder legislativo habían interrumpido el tercer informe del gobernador para fusilar al secretario de Seguridad Pública, al procurador de Justicia del estado y al presidente del Tribunal Superior de la entidad, acusándolos a gritos de haber recibido millones de dólares para después traicionar a sus benefactores:

—Lo único que exigimos —dijo para cerrar el acto el jefe del comando, sin siquiera tratar de ocultar el rostro— es que cumplan los convenios y nos dejen trabajar. El próximo será usted, gobernador: téngalo en cuenta.

Según el corresponsal en Monterrey de *Hoy y aquí*, el gobernador había partido por vía aérea al DF en busca de ayuda, decían ciertas fuentes, o a Texas, decían otras, a pedir asilo a las autoridades estadounidenses.

—Me da miedo traer un hijo a este país, papá —murmuró la mujer con el rostro pegado al cuello del marido.

—No te preocupes —dijo él—. Lo cuidaremos mucho.

Con esa promesa se fueron a la cama.

# 5 Aves de presa

Entre los discípulos del maestro Reyes Ordaz, todos reconocían que el mejor cerebro para lidiar con Internet y computación era el más joven del grupo, Fermín Robledo. En consecuencia, el muchacho había tomado a su cargo diseñar y perfeccionar el dispositivo de correo electrónico del Cuartel Central. El resultado era el llamado Método Fermín, enredoso pero adecuado para proteger la confidencialidad de los contactos de Reyes Ordaz con sus antiguos informantes y periscopios.

Ajustado al Método Fermín, el *e-mail* de aquella mañana llegó al Cuartel Central retransmitido por un servicio de mensajería electrónica automática que se preciaba de ser impenetrable. El mensaje original podía provenir de cualquier parte del mundo y sólo era aceptado por el servidor maestro en Mumbai, la India, si incluía una contraseña preconvenida entre remitente y destinatario, y que sólo podría utilizarse tres veces, para evitar intrusiones. No intervenían manos humanas: el servidor retransmitía el *e-mail* a una dirección igualmente preconvenida y el mensaje sólo podría ser abierto por el destinatario con su propia contraseña. En el acto, el correo original quedaba borrado.

El mensaje no tenía asunto ni remitente, y el texto sólo citaba la letra de una vieja canción argentina: «Adiós, pampa mía, me voy a tierras lejanas». Significaba que Cosme Giuliani había llegado con bien a Paraguay y Buenos Aires y ya volaba a Roma.

Con gran alivio, Reyes Ordaz, con ayuda de los ojos de Fermín, envió al número de celular del coronel Méndez el previamente convenido mensaje de una sola palabra: «Aleluya»; y de inmediato él y los muchachos se dispusieron a retomar su rutina.

No podrían hacerlo. Esa mañana cundió la noticia de que la presidenta electa sería operada en las próximas horas y primero decenas, enseguida centenares y a continuación miles de personas empezaron a apretujarse ante las altas rejas del Hospital Militar Central, sin gritos ni aspavientos, sólo murmurando y restregando los zapatos en el concreto, como peregrinos que no hallan a quién rezarle. La mayoría eran mujeres salidas de sus casas sin previo aviso, cargadas con bebés, pañales, mamilas, jalando de chiquillos disgustados a quienes, en tiempo de vacaciones, no tenían en dónde dejar.

En el Cuartel Central, los muchachos habían desplegado en el pizarrón electrónico el borrador de un artículo titulado «La presidenta sitiada», que Erasmo había redactado con base en infidencias y documentos filtrados por contactos del maestro Ordaz, y que proyectaban incluir en la siguiente edición del boletín *Lo que vendrá*.

El texto empezaba: «Ya nadie rechaza lo que este boletín fue el primero en señalar: que la presidenta está encerrada en el centro de dos círculos militares concéntricos. El primero, el más cercano a ella, se autodenomina Azul, color que los militares usan en los mapas para marcar las posiciones propias; y el segundo, en torno del primero, es el Rojo, color reservado en la cartografía militar para las posiciones hostiles.

»Ya hemos señalado que el Círculo Azul está formado mayoritariamente por jefes relativamente jóvenes: coroneles o de menor graduación. El Círculo Rojo, en cambio, se integra en su mayoría con generales y almirantes. Ahora toca señalar las diferencias conceptuales e ideológicas entre...».

No pudieron continuar porque los interrumpió el teléfono. Primero llamó doña Licha:

—Pongan la tele, no lo van a creer —les dijo—, media ciudad se está congregando alrededor del Hospital Militar y parece que ya vienen grupos de Morelos, de Hidalgo, del Estado de México, de Tlaxcala... Un desastre.

La siguiente llamada fue al celular de Roberta: el doctor Javier Rendón, de la Cruz Roja, convocaba con urgencia a todos los voluntarios disponibles para desplegarlos en resguardo de la multitud agolpada en la zona del Hospital Militar.

Los muchachos partieron precipitadamente y Reyes Ordaz quedó solo en el aula que, sin alumnos, parecía más grande y resonante. Aunque escuchaba las noticias, el maestro empezó a discutir mentalmente párrafos de alto impacto para el artículo en preparación. Por la fuerza de la costumbre, tan pronto como redondeaba un párrafo en el pensamiento, lo recitaba en alta voz, a ver cómo sonaba. Pero el encierro solitario le resultaba deprimente. «Debo caminar», se autorrecetó. Cargó con un pequeño radio en uno de los bolsillos de su chaleco predilecto, el de corte militar que había estrenado cuando la guerra de Irak, una década atrás; más una diminuta grabadora para registrar lo que se le ocurriera, y salió a pasearse por los jardines del instituto, cuyos senderos enladrillados eran seguros, para no tropezar.

La radio anunció que la canciller de los Estados Unidos acababa de llegar en un avión militar a la base de Santa Lucía y en ese mismo momento era trasladada por helicóptero al Hospital Militar, a visitar a su amiga, la presidenta electa.


El coronel Épsilon envió un mensaje de dos palabras al celular de Máximo: «Luz verde»; y de inmediato recibió la respuesta: «Despegando».

Monseñor Zeta agregó más azúcar a su café con leche pero quitó suavemente la cucharilla del vaso, sin agitar el contenido, para que no se endulzara demasiado. Él y el ministro Gamma ocupaban una mesa pequeña en un rincón de un café de chinos, a esa hora desierto. Ambos vestían formales trajes negros, no nuevos sino lustrosos en codos y solapas, y traían periódicos plegados en alguna bolsa del saco, como pensionados del Seguro Social, aburridos, sin tema para discutir. Nadie voltearía a verlos.

Observando las maniobras de monseñor Zeta con el café, el ministro Gamma se preguntó por qué el prelado ponía tanta azúcar en el café, si no lo quería tan dulce. Tal vez, pensó el ministro, aquel curioso hábito reflejaba emociones encontradas: su larga experiencia como criminalista había enseñado al ministro que algunas contradicciones superficiales en la conducta cotidiana —llenar hasta el borde el vaso para beber sólo un sorbo o exigir la sopa muy caliente para luego dejarla enfriar— suelen reflejar un turbulento mar de fondo, cargado de dudas y sospechas. Valía la pena escarbar.

—Usted la conoce mejor que muchos —preguntó al fin el ministro mientras, distraídamente, desmenuzaba un bisquet que no había mordido—. ¿Qué opina de ella?

—No sé qué opino de ella —dijo el prelado en voz muy baja pero con transparente sinceridad—. La conozco desde hace mucho, veinte años, cuando yo era párroco en Mazamitla y ella y su marido compraron aquel rancho. Muchas veces he recibido su confesión, claro que no hablaré de eso, y muchas veces me ha pedido consejo espiritual, más recientemente durante los terribles días del secuestro de su hija, antes de que lograran rescatarla. Pero ella tiene una forma peculiar de platicar. Es muy cortés, muy paciente, y escucha con atención, como tomando apuntes mentales, pero no contesta ni explica, solamente pregunta. Respetuosa y calmadamente, pero no se cansa de preguntar. Conversar con ella puede ser extenuante.

—De acuerdo. Conozco personas así: son terribles. Sin embargo, a veces es posible entrever lo que piensan a través de lo que preguntan.

—Anoche mandó por mí. Para confesarse antes de ingresar hoy o mañana al quirófano. La escuché, de todo corazón le otorgué la absolución y luego nos quedamos viendo las noticias por televisión. Ella no estaba en cama sino sentada en un sillón reclinable, envuelta en una gran bata y con pantuflas. Después de la confesión parecía relajada, sin temores y con mejor color en la cara, cuando empezaron a transmitir esos hechos espantosos en la legislatura de Nuevo León. Ella siguió la transmisión como paralizada, sin decir ni una palabra, casi sin respirar, mientras el color se le esfumaba de la cara. Cuando terminó el noticiario apagó la tele y yo me paré para despedirme, pero con un gesto ella me pidió que me quedara... y empezó a interrogarme.

—Es comprensible. Estaba impactada por lo que había visto...

—No me habló de eso. Empezó a interrogarme sobre un tema tan lejano que por un momento me dejó mudo. Ni siquiera sospechaba yo que ella había oído hablar de esos asuntos muertos y enterrados hace veinticinco, treinta años, cuando ella era una estudiante, todavía adolescente.

—¿Veinticinco? ¿Treinta años?

—Sí. Yo acababa de ordenarme, trabajaba en el Istituto per le Opere di Religione, es decir, el Banco Vaticano, y cursaba el doctorado en la Universidad Pontificia. Yo nunca había hablado con ella de mi carrera. No imaginaba que ella estuviera enterada...

De pronto, el ministro Gamma no halló a la mano ninguna de sus muletillas complacientes. Estaba demasiado interesado:

—¿Y? —fue todo lo que dijo.

—Me interrogó sobre aquel escándalo del Banco Ambrosiano. Ella sabía que mi banco, bueno, el Banco Vaticano, antes de mi época, en los sesenta, los setenta, había financiado grandes misiones de evangelización en Asia y África, especialmente en el Congo, con dinero del Ambrosiano. La relación entre las dos instituciones era muy estrecha. Cuando yo ingresé al Istituto, en los ochenta, me destinaron a una oficina de enlace entre los dos bancos. Claro, la mía sólo era una posición subalterna: yo tenía apenas treinta años de edad y además era extranjero, mexicano, algo que en Roma no abre muchas puertas.

—Comprendo —atinó a decir el ministro—. Su carrera es admirable. Por supuesto, usted, tan joven, estudiante de Teología, nada tenía que ver con aquellos… asuntos, aquel escándalo…

—Yo cursaba el doctorado en Economía, no Teología. De todos modos: veo que usted recuerda el asunto. Es natural, porque usted es un abogado, un jurista, y seguramente estudió todo aquello por su interés jurídico. Fue la primera vez después de la Segunda Guerra Mundial que se habló de lavado de dinero en gran escala.

—Por supuesto. En nuestra universidad, en el Instituto de Investigaciones Jurídicas, tuvimos un seminario especial para estudiar todo aquello. Recuerdo que al Banco Ambrosiano lo acusaron de todo: no sólo de lavar dinero de la mafia, sino de haber… bueno, provocado la muerte del papa Juan Pablo I en…

—En 1978 —dijo escuetamente monseñor Zeta—. Y de haber financiado primero a los sandinistas y después a los contras en Nicaragua, y a Solidaridad en Polonia, y… toda clase de obras buenas, regulares y abominables. Es lo que le dije a la presidenta: todo se puede hacer con dinero porque el dinero, en sí, no es sucio ni limpio, sino una herramienta que la gente usa para bien o para mal.

—De acuerdo —dijo el ministro—. Es la pura verdad. ¿Y ella, qué dijo?

—Nada. Me miró un rato con esa dulce mirada que Dios le ha dado, y al fin me pidió que la dejara dormir. Y ahora me marcho: tengo una cita con el nuncio.

Pidieron la cuenta, pagaron y se marcharon sin haber probado el café con leche ni los bisquets.

Dos grandes y flamantes cóndores de la policía del DF despegaban de su base para dirigirse al reclusorio de Milpa Alta, donde la cancha de tenis ya había sido despejada de redes y obstáculos, para permitirles aterrizar. A pocos metros de la cancha, en la alberca, sólo nadaba media docena de reclusos no invitados al «paseo» anunciado para esa tarde.

Atenor Rivera no se contaba entre los invitados, pero ya había nadado sus diez tramos de alberca de cada mañana y, vestido y parapetado bajo una ancha sombrilla, forcejeaba con su *laptop*, tratando de dar forma a un nuevo capítulo de su libro.

De pronto lo interrumpieron. Una veintena de los reclusos más notorios, formalmente vestidos de traje y corbata, con portafolios y maletines, salieron al sol, deslumbrados como topos, y se precipitaron a ocupar las mesas y sillas bajo las sombrillas verde limón. Un tipo robusto, de pelo ralo, traje castaño rojizo, labios gruesos y gesto enfurruñado como de niño arrancado de la siesta, no encontró una sombrilla deshabitada y optó por sentarse a la mesa de Atenor Rivera, sin pedir permiso:

—Usted es Rivera, ¿verdad? —resopló el sujeto, mirando hacia la alberca, a nadie en particular.

—Buenos días, Gómez —contestó Rivera, sonriente, porque empezaba a divertirse.

Ataúlfo Gómez Sierra, el magnate textilero apodado *Rey de la Mezclilla*, no estaba acostumbrado a ser llamado Gómez, a secas, ni siquiera en la cárcel. Ahora sí volteó a ver a Rivera, y dudó un instante antes de hablar:

—Usted era el socio de Roberto Goldin —dijo al fin.

—No socio. Gerente de finanzas. Un empleado, bah.

Gómez Sierra entrecerró sus pequeños ojos para enfocar mejor:

—Pues me aseguran que usted era el cerebro del Grupo Goldin. Que Roberto Goldin no daba un paso sin consultar con usted —dijo, en tono casi acusatorio.

Atenor Rivera se divertía más y más:

—Por Dios, no crea todo lo que oiga. ¡Si oyera lo que dicen de usted!

Gómez Sierra tensó los labios sobre los dientes, alistándose para ladrar, pero instantáneamente cambió de idea y se palmeó con fuerza las rodillas, como si acabaran de contarle un chiste picante:

—¡Ja, ni me lo diga! ¡En la oficina tengo un muchacho dedicado exclusivamente, ocho horas por día, a coleccionar chismes y habladurías sobre mí! Pensaba escribir un libro, aprovechando estas vacaciones, pero parece que no tendré tiempo porque ya nos van a soltar.

—Sí, ya oí rumores. Felicidades. ¿Quién les hizo el milagro?

—La pobre presidenta. ¿Quién, si no? Sin nosotros, ella no sabría qué hacer con los capitales que cada año vienen a «bañarse» a este país. Usted sabe: más que las exportaciones de petróleo, más que las remesas, más que el turismo. ¿Qué le digo? Usted lo sabe.

—Sí —asintió Atenor Rivera, ahora serio—. Precisamente estoy escribiendo un libro sobre...

Pero Gómez Sierra no era buen oyente. Prefería averiguar, no escuchar:

—¿Dónde está Goldin?

—No sé —mintió espontáneamente Atenor Rivera.

—Muy leal de su parte, pero difícil de creer. ¿Su compadre lo dejó a usted colgado de la brocha y se llevó la escalera... adónde? ¿A las islas griegas, a la Patagonia? Porque son compadres, ¿verdad?

—Sí. Roberto es padrino de mi hijo. El Grupo Goldin sigue pagando puntualmente mi salario y los honorarios de mis abogados, pero Roberto no habla ni escribe: no sé dónde está.

—Le diré algo, Rivera: si un día se queda sin chamba, venga a verme. Me gusta la gente leal.

Rivera no pudo contestar porque en ese momento se abrió una puerta y apareció el director del reclusorio, seguido por un par de funcionarios y dos custodios innecesarios, desarmados y aburridos. A continuación, dos helicópteros aparecieron casi de improviso, porque el nuevo diseño de los rotores reducía al mínimo el ruido, y se posaron en la húmeda cancha de tenis, sin levantar polvareda. Cuando se abrieron las compuertas, de cada aparato saltaron a tierra dos custodios armados con escopetas de cañón recortado. A continuación descendieron dos oficiales. Los integrantes del nuevo escuadrón de cóndores no vestían como policías sino como paracaidistas, con overoles azul cobalto, pero en vez de boinas rojas usaban cascos negros y *goggles* sobredimensionados, como de motociclistas. El oficial que parecía de mayor rango se adelantó pisando duro con sus cortas botas de paracaidista y, sin palabras, puso en manos del director del reclusorio un gordo sobre de papel manila cuyo contenido el funcionario no se puso a examinar porque creía saber de qué se trataba.

—Buenos días —dijo afablemente el director—. Aquí se los tengo, listos y dispuestos. Sólo falta uno de la lista: está en la enfermería, con diarrea. Algo que comió...

—Mis órdenes son transportar a veinte —ladró Máximo con su voz de comandante.

Abrazando el sobre contra el pecho, el director retrocedió un paso, intimidado por el tono de Máximo:

—Comprenda usted, comandante, no es mi culpa... Un caso de fuerza mayor.

—¡Vamos! ¡No tenemos todo el día! —terció Gómez Sierra en tono tan autoritario como el de Máximo—. Si les falta uno, que venga Rivera. ¡A ver, Rivera, venga usted!

Máximo midió al personaje de traje castaño rojizo, dudó medio segundo y al cabo se encogió de hombros. Dio media vuelta sobre sus botas cortas y marchó hacia los helicópteros. Los reclusos bien trajeados y Rivera, de bermudas y tenis, lo siguieron en fila india, treparon a los helicópteros y se acomodaron donde se les ordenó. Las naves despegaron de inmediato.

La multitud en los alrededores del Hospital Militar se había extendido hasta obstruir no sólo las grandes avenidas aledañas sino los dos pisos del Periférico. En consecuencia, el tránsito estaba embotellado en decenas de kilómetros a la redonda y al chofer de monseñor Zeta le tomó más de dos horas de desvíos y blasfemias llegar a la nunciatura, en el sur de la ciudad. Al fin, cuando llegó Zeta, el nuncio se disculpó por no haberlo esperado a comer:

—La úlcera, sabe usted —rezongó el diplomático—, no puedo estar con el estómago vacío.

Monseñor Zeta pensó que el nuncio, gris, fofo y dispéptico, tenía, efectivamente, aspecto de sufrir de úlcera. En voz alta dijo que saltarse la comida no le importaba porque había desayunado tarde, pero secretamente lamentaba no haber aprovechado los bisquets del café de chinos.

—La ciudad está desquiciada. Dicen que se han congregado cientos de miles alrededor del hospital, esperando noticias de la presidenta —explicó Zeta.

—La radio dice un millón —corrigió el nuncio—. Tengo entendido que es una devota católica.

—Lo es. Anoche la escuché en confesión —asintió Zeta.

—Pobrecita. La recordaremos en nuestras oraciones. Yo lo invité para hablar de ella, de las perspectivas políticas que abre su enfermedad, pero —se revolvió en su ancho sillón y adoptó un tono menos benigno— tenemos algo más urgente: ¿qué pasó con Giuliani?

—Creo que se nos escapó. Me aseguran que lo tienen cercado, pero no lo creo. Ese sujeto es una anguila. Ni siquiera sabíamos que tenía amigos, tal vez sus propios agentes, espías, entre los auditores que nos mandó la Santa Sede a husmear en Cotija. No sabemos qué habló Giuliani con esos auditores. Tal vez le dieron cifras, documentos, testimonios... no sabemos. Tampoco sabemos de qué habló Giuliani con la presidenta. Si hablaron de política, no nos interesa. Pero, ¿si hablaron de nosotros? Y tampoco sabemos qué historia lleva Giuliani para envenenar los oídos del secretario de Estado, que resulta ser su viejo amigo, cosa que también ignorábamos cuando este hurón nos cayó del cielo.

—Bueno, ya sabe usted que yo no sé nada de esos manejos de ustedes en Cotija. Si supiera algo, tendría que comunicárselo de inmediato al secretario de Estado, que es mi superior directo. Pero no sé nada.

—No tenga cuidado. Ya se enterará usted de todo lo necesario tan pronto como Giuliani llegue a Roma y hable con… su superior directo —dijo Zeta con el tono que desde el púlpito se usa para hablar del Purgatorio.

—No importa qué tanta amistad tenga con el secretario de Estado, ese tipo Giuliani no tendrá la audacia de tratar de involucrarme… en nada de lo cual no estoy ni enterado. Por supuesto, nadie tiene pruebas de nada: sólo rumores —murmuró el nuncio, acariciándose el abdomen, que nuevamente había empezado a dolerle.

—Pues no sabemos qué rumores, o pruebas, puedan haberle deslizado en Cotija los auditores del Vaticano. Por supuesto, estos espías son sagrados: no podemos lastimarlos ni con el pétalo de una sospecha. Ni siquiera verlos feo.

—Por supuesto —dijo el nuncio, mirándose la barriga—. Le avisaré tan pronto como tenga noticias de Roma.

Aquel nuncio cada vez le gustaba menos a monseñor Zeta, y no quiso marcharse sin asestarle una punzada de despedida:

—Bien, ya me voy. ¿No le interesaría conocer los pecados de la presidenta?

—¡Hombre! Por supuesto, no va usted a violar el secreto… —se sorprendió el nuncio, casi incorporándose de su sillón—. ¿Qué le confesó? ¿Algo grave?

—No mucho —sonrió Zeta—. Es poco lo que se puede pecar en la antesala del quirófano. En realidad, quería interrogarme sobre un tema apasionante: lavado de dinero.

—¡Mi Dios! —resopló el diplomático, dejándose caer como un costal de papas en el gran sillón.

Cuando monseñor Zeta volvió a su auto estacionado a las puertas de la nunciatura, observó que dos cóndores de la policía del DF volaban suavemente sobre el sur de la ciudad, en un cielo sin nubes, inusualmente límpido para una tarde de verano.

A doscientos metros de altura sobre la ciudad, la tarde era aún más luminosa. El piloto del Cóndor Uno sonreía para sí, en parte admirando el cielo, en parte degustando el suave ronroneo de los motores de su flamante pájaro, en parte visualizando mentalmente la Harley Davidson que pensaba comprar con el dinero que Máximo había prometido por el breve trabajo de extraer del reclusorio a estos peces gordos.

—Estos peces deben de ser de veras gordos —murmuró discretamente el copiloto del Cóndor Uno—, mira nomás, tenemos escolta militar.

Al piloto le tomó medio segundo despejar las amables telarañas del cerebro:

—¿Qué?

—Ahí atrás, a las siete —dijo el copiloto, señalando con el enguantado pulgar de la mano izquierda por sobre su hombro del mismo lado—, dos apaches, con sus aguijones erizados. Si fueran enemigos darían miedo nomás de verlos.

El piloto reajustó sus retrovisores para enfocarlos en las naves militares que acababan de emerger detrás de una fila de torres corporativas, como si hubieran estado agazapadas a la espera de los cóndores.

—No me gus... —empezó a decir el piloto, pero enmudeció cuando vio que del costado de uno de los apaches brotaba un dardo luminoso y sibilante como uno de esos cohetes de varita con que juegan los niños en Año Nuevo. Sin embargo, el piloto sabía que no era pirotecnia sino un *sidewinder*, uno de los más efectivos misiles aire-aire para combate a corta distancia. El *sidewinder* toma su nombre de una variedad de víbora de cascabel que detecta a sus presas por el calor que éstas irradian. Y el cohete hace lo mismo que la víbora: en sus retrovisores, piloto y copiloto del Cóndor Uno vieron que el misil impactaba directamente en las turbinas del Cóndor Dos, a menos de cincuenta metros tras ellos, y lo pulverizaba en el aire.

—¡Chingao! —gritó el copiloto. El piloto no perdió tiempo en gritar, porque estaba maniobrando brutalmente, tratando de eludir a los apaches que ahora se cernían como halcones sobre la estela del Cóndor Uno.

Máximo también vio la desintegración del Cóndor Dos, y reaccionó con la agilidad de un gato arrojado al fuego: se arrancó los cinturones de seguridad, brincó del asiento, se estrelló contra el costado de la nave y cayó de rodillas. Atenor Rivera también se libró de los cinturones y, a tropezones, ayudó a Máximo a incorporarse.

—¡*Hijoeputa*! —chilló Máximo con voz inesperadamente aguda. Pero no se refería a Rivera, sino que pensaba en el coronel Épsilon. Rivera no se dio por aludido y en cambio ayudó a Máximo a soltar los cerrojos y, a empujones, abrir una de las compuertas laterales del cóndor. Ataúlfo Gómez Sierra los vio, se arrancó también los cinturones de seguridad y trató de incorporarse.

El helicóptero corcoveaba como potro enloquecido por una tormenta eléctrica, porque el piloto maniobraba frenéticamente, tratando de esconderse entre los edificios más altos, para que los apaches no pudieran centrarlos en sus miras. El cóndor se escurrió por el estrecho hueco que dejaban dos torres de oficinas, viró en ángulo agudo, descendió bruscamente casi raspando las paredes de un cañón de edificios alineados a lo largo de una ancha avenida, y descendió a menos de veinte metros sobre el tránsito; el piloto calculaba que si los apaches disparaban, probablemente los *sidewinder* perderían el rastro, atraídos por el calor de los motores de los autos y camiones que circulaban allá abajo. Pero la avenida se acababa apenas doscientos metros adelante, cortada por una autopista de tres pisos. Para librar el obstáculo, el cóndor brincó verticalmente. El piloto se proponía zumbar en vuelo rasante a sólo un par de metros sobre el tercer piso de la autopista y de inmediato lanzarse de clavado, protegerse tras el parapeto de concreto que bordeaba la autopista y enseguida aterrizar en algún parque, preferentemente lleno de niños, para que los apaches no se atrevieran a disparar. No era mala idea, pero al elevarse, la silueta del cóndor se recortó un instante en el cielo impecable y uno de los apaches lanzó su aguijón. Absorto en su desesperada maniobra, el piloto no vio el misil ni trató de evadirlo. En ese instante, una ráfaga de aire caliente azotó el costado del cóndor: el aparato dio un salvaje costalazo y, en vez de impactar en las turbinas, el *sidewinder* penetró en la cabina, decapitó a los pilotos y salió por el otro costado. El cóndor de los pilotos decapitados casi se trepó sobre la autopista y Máximo aprovechó para saltar. Atrás se arrojó Atenor Rivera y a continuación el voluminoso Gómez Sierra.

Máximo y Rivera cayeron de pie en el angosto camellón que dividía los carriles norte-sur y sur-norte de la autopista. Ahí se abría la estrecha boca de una escalera de servicio que se usaba para el mantenimiento de la autopista, y por ella se escurrió Máximo, ágil cual rata despavorida. Rivera no pudo seguirlo porque se le doblaron los tobillos: en cambio, se quedó viendo cómo el cóndor con sus pilotos guillotinados se desplomaba al pie de la autopista, y vio a Gómez Sierra caer como fardo de ropa sucia sobre la trompa de un tráiler que tal vez iba sin carga, porque circulaba a toda velocidad. Gómez Sierra ni siquiera tocó la calzada. El camión aventó al Rey de la Mezclilla fuera de la autopista, a la calle, veinte metros más abajo; y el corpachón enfundado en castaño rojizo cayó encima del cóndor despanzurrado, justo cuando aquel vibrante montón de chatarra estallaba como bomba de napalm.

# 6 Fantasmas

La presidenta y la secretaria de Estado conferenciaron a solas, a puertas cerradas, durante más de cuatro horas, y sólo después empezó la mandataria a llamar uno por uno a sus colaboradores para pedirles información. Viendo a las señoras con anteojos, blocks de notas en mano, los entrecejos sombríos, bolígrafos sujetos en las orejas, alteros de fólders y sendas computadoras portátiles sobre la tambaleante mesita de té a la que estaban sentadas, los convocados comprendían de inmediato que las señoras no se habían reunido para intercambiar banalidades. Entre los llamados a comparecer, muchos no conocían a la secretaria de Estado, pero sí a la presidenta y de antemano sabían que no fueron convocados para dar consejos ni opiniones sino información concreta, porque la mandataria no era política sino auditora y detestaba el palabrerío, en especial los adjetivos.

Lo que mantenía sobre ascuas a sus colaboradores era que la presidenta sólo preguntaba, paciente y amablemente, pero sin explicar qué buscaba ni a dónde quería llegar.

Como solía sucederles incluso a los más allegados a la presidenta, cuando le tocó su turno al coronel Luciano Méndez, lo tomó desprevenido la pregunta que ella le reservaba:

—¿Cuántos hombres tenemos en armas? No cuente oficinistas, ni médicos, ni mecánicos, ni jardineros: sólo fuerzas de combate.

Méndez tragó saliva, pero no pestañeó:

—Cuatrocientos mil, entre ejército, fuerza aérea y marina armada, señora.

—¿Cuántos teníamos hace seis años?, en números redondos.

—Un poco menos de la mitad, señora.

—¿Y el presupuesto, en ese lapso…? ¿Creció en igual proporción?

—No, señora. Se cuadruplicó, por la renovación de equipo, elevación de salarios y adopción de nueva tecnología.

—Gracias, Luciano. Voy a traducir para nuestra visitante…

—*No need* —sonrió la secretaria de Estado—. *I've been learning a lot of Spanish lately.*

—Qué bueno —también sonrió la presidenta, cansadamente—. Sólo una cosa más, coronel. ¿Cuánta gente hay afuera esperando noticias?

—La policía calcula que son más de un millón, señora.

—Yo les hablaré. ¿Pueden poner bocinas por ahí afuera, conectar en cadena las radioemisoras que quieran hacerlo, esas cosas? Pero no cámaras de televisión, por favor: no quiero que me vean con cara de enferma.

—Me ocuparé de inmediato, señora.

—Gracias, querido amigo.

Tan pronto como el coronel salió y cerró la puerta a sus espaldas, la presidenta se volvió hacia la secretaria de Estado:

—*Well, you see what I mean. We don't have enough, not nearly.*

—*I see…* —dijo la secretaria de Estado, y ensayó su español—: totalmente insuficiente.


Como se esperaba, la presidenta agradeció la preocupación de la gente y pidió que todos volvieran a sus casas; y, como se esperaba, pocos le hicieron caso. Aún distorsionadas por la reverberación de las bocinas, las palabras de la presidenta no sonaron como discurso sino como charla amistosa pero circunspecta.

—No voy a negar que me preocupa mi salud, pero me preocupa todavía más la salud del país en guerra cuyo gobierno voy a presidir a partir del primero de diciembre. Entraré al quirófano mañana a las seis de la mañana y, primero Dios, en unas cuantas horas estaré en recuperación. Los médicos me prometen que en minutos acabarán con ese pequeño tumor en mi pulmón derecho. Ojalá fuera igual de fácil extirpar el gran tumor de la guerra. Yo no conocí a los funcionarios salvajemente asesinados ayer en Monterrey, ni a sus familiares, igual que no conocí a los más de cuarenta mil soldados, marinos, policías y civiles caídos en estos seis años de guerra, pero quiero asegurarles a todos, empezando por los deudos que lloran a los caídos, que si salgo con bien de este quirófano y el primero de diciembre asumo la presidencia, no voy a descansar hasta acabar con esta brutal sangría que nos ahoga en luto y vergüenza. Les doy mi palabra: como mujer, como madre y como presidenta. ¡Gracias!

Atenor Rivera, tendido de espaldas sobre el camellón en que había caído, insistía en marcar en su celular el número de su hijo y por cuarta o quinta vez oía y rechazaba la invitación a dejar un mensaje en el buzón de voz.

Ahora que se enfriaban, los tobillos le dolían más y las piernas le tiritaban, pero, en contraste, sentía fiebre en el resto del cuerpo. Lo único que lo reconfortaba era haber alcanzado a captar con su teléfono la fugaz imagen de uno de los helicópteros asesinos. Ya había revisado la fotografía, milagrosamente nítida, y quería verla otra vez pero se contuvo, para no descargar la batería del celular. En cambio volvió a insistir con el número de Erasmo. Esta vez el muchacho contestó:

—¿Sí? ¿Papá? ¿Qué pasa?

—Nada grave —suspiró Atenor Rivera—. Nomás salté de un helicóptero, caí en medio de una autopista y no puedo quitarme

de aquí porque tengo los tobillos rotos. Menos mal que no llueve.
¿Podrías venir por mí?

Impedidos de captar en todos sus ángulos la imagen de la presidenta en su lecho de enferma, los canales de televisión ilustraron el mensaje de la mandataria con anchas panorámicas de la multitud y estrujantes primeros planos de viejecitas de rodillas, orando, y madres llorando a dúo con sus niños cargados en brazos. A esa hora ya caía la tarde y a unos camarógrafos emprendedores se les ocurrió repartir veladoras para enfatizar las tomas. La idea fue de inmediato adoptada por los vendedores ambulantes y las imágenes de la multitud enarbolando veladoras dieron la vuelta al mundo.

Sólo después de repetir varias veces el mensaje de la mandataria, los canales cambiaron al tema del accidente de dos helicópteros de la policía en el sur de la ciudad: uno se había desintegrado en el aire y otro se había estrellado al pie de un gran distribuidor vial, provocando una colosal hoguera en la que ahora ardían no sólo la aeronave sino una decena de autos y autobuses atrapados a la hora pico en los pisos inferiores de las autopistas que ahí se entrecruzaban.

Los locutores y comentaristas de las radioemisoras y canales de televisión tenían gran variedad de hipótesis sobre las causas de la tragedia, desde atentados terroristas hasta una adversa configuración de los planetas en esa tarde despejada, pasando por ocultos vicios de fabricación en esos flamantes helicópteros adquiridos a precio exorbitante y en condiciones sospechosas, etcétera, etcétera. Lo que nadie tenía era información, porque el incendio era tan furioso que ni los bomberos lograban acercarse.

Tampoco podían acercarse las pocas ambulancias que la Cruz Roja pudo enviar al lugar del incendio, ya que otras unidades no lograban zafarse de la aglomeración en torno del Hospital Militar y otras más se reportaban atrapadas en el megaembotellamiento de tránsito que infartaba a la ciudad.

A bordo de una de las ambulancias que lograron aproximarse al gran incendio, Erasmo sudaba de impaciencia, pensando que su padre se carbonizaba en algún lugar de esa autopista.

—Debe de haber algún modo de subir —dijo Omar—. ¿Por dónde suben para pintar los parapetos, las flechas en el pavimento, las guarniciones?

—¡La veo! ¡Ahí está! —gritó Fermín, señalando una estrecha compuerta de fierro, semioculta tras un seto, en el talud de la autopista—. ¿Será?

La única forma de averiguarlo era ir a ver. Manuel estacionó la ambulancia de mala manera, con dos ruedas sobre el angosto camellón que bordeaba el talud, y todos brincaron en estampida. Encontraron la puerta entreabierta y abollada, como si la hubieran forzado a patadas. El primero en meterse fue Fermín:

—¡Es una escalera! ¡Por aquí se sube! —gritó el muchacho, y todos lo siguieron.

Arriba los esperaba Atenor Rivera quien, huyendo del calor del incendio que ardía veinte metros abajo, había reptado penosamente hasta alcanzar la puerta trampa por la cual se había escurrido Máximo:

—Me estoy rostizando y, para colmo, no llueve —los saludó el hombre—. ¿Podrían bajarme de aquí, por favor? Huele a quemado.

A la ambulancia en que los muchachos transportaron a Atenor Rivera le tomó horas llegar al hospital de la Cruz Roja por vías alternas y callejuelas laterales. El doctor Javier Rendón, también médico militar y sucesor del coronel Méndez en la Cruz Roja, fue el primero que atendió e interrogó a Rivera, al parecer único sobreviviente del accidente de los cóndores.

Rendón tal vez llegaba a los cuarenta pero parecía un muchachón alto, desgarbado y de voz aún adolescente, entre ahogada y atiplada, como de futbolista en las regaderas después del partido. Comenzó en el tono ligero que usaba para tranquilizar a los heridos mientras los examinaba, pero, cuando Rivera empezó apenas a decir que no había sido un accidente sino un ataq…, el médico le metió un termómetro en la boca y cerró las puertas, para quedar a solas con el testigo.

—A ver, don Atenor. Dígame ahora —ordenó el doctor al tiempo que extraía el termómetro de la boca del paciente.

A continuación, mientras escuchaba sin interrupciones el relato de Rivera, el doctor Rendón le practicó una primera cura, le administró un analgésico y, tras dejarlo al cuidado de los chicos que lo habían rescatado, se retiró un minuto para comunicarse —sin testigos—, por una línea privada, con el coronel Luciano Méndez. Recibió instrucciones y volvió con los muchachos:

—Van a tratarlo en el Hospital Militar. El coronel Méndez quiere hablar con él: vamos a trasladarlo de inmediato.


Reyes Ordaz, mientras tanto, seguía modelando párrafos mentales, como si fueran de plastilina:

—En lo único en que rojos y azules están plenamente de acuerdo es en aceptar que los narcotraficantes, desde que hace dos años sellaron el Pacto de Durango para delimitar territorios y superar su propia guerra interna, actúan ya no como bandas contradictorias sino como verdadera guerrilla con un solo cerebro y muchas caras: en el campo y la ciudad, a lomo de burro o en lujosas camionetas 4x4; vestidos como campesinos o como *yuppies*; y armados con maletines llenos de dólares o AK-47 para disparar plata o plomo, según la ocasión.

»En lo que rojos y azules difieren es en el modo de luchar contra la narcoguerrilla, que no se parece a los movimientos subversivos del pasado. Por ejemplo…».

El párrafo se le atascó en una sinapsis porque en ese momento, con al menos tres horas de retraso, doña Licha, muy inquieta, llegó a rescatarlo de la soledad.

—¿Te dejaron solo, papá? ¿Estás bien? —se afanó la señora—. Estuve horas embotellada en el Periférico…

—No te preocupes. A los muchachos los convocó la Cruz Roja...

—Sí. Montaron una docena de puestos de salud para auxiliar a la gente en esa tremenda aglomeración. Ya ha sucedido de todo, desde desmayos e insolaciones hasta partos en la banqueta, pero no se van, ahí se quedan... ¿oíste a la presidenta?

—Sí. Pero después apagué la radio, para pensar. ¿Algo nuevo?

—Mucho. Pero vamos a la casa, porque estos zapatos me están matando: allá te contaré. Aprovechando que estaba embotellada me detuve por una pizza, porque traigo antojo de anchoas.


La muchedumbre era compacta pero paciente, y con mansedumbre abrieron paso a la ambulancia de la Cruz Roja. Atenor Rivera no iba en camilla sino en silla de ruedas y, acomodados de costado, como sardinas, cabían no sólo los muchachos sino también Pinky y Roberta, a quienes de pasada recogieron del puesto de salud donde habían estado toda la tarde calentando mamilas, cambiando pañales y confortando a madres y abuelitas.

Advertidos de antemano, los centinelas de un acceso lateral permitieron ingresar al vehículo de la Cruz Roja y estacionarse ante la puerta de Urgencias. Ahí los esperaba un par de fornidos enfermeros de batas blancas y botas de paracaidista: uno de ellos se hizo cargo del paciente y el otro condujo a los muchachos a una salita con sillas de plástico y una cafetera eléctrica que resoplaba como una pequeña locomotora. No sólo se les dijo que por favor no salieran de aquella salita, sino que el enfermero-paracaidista se quedó por ahí, para ver que los chicos no fueran a vagar por las instalaciones.

A Rivera, aun antes de ponerlo en manos del traumatólogo, lo llevaron a una oficinita donde aguardaba el coronel Méndez, sentado a una mesa vacía, con las manos entrelazadas y girando los pulgares uno en torno del otro.

—Me alegra verlo con vida, señor Rivera —saludó el coronel—. A ver, cuénteme todo.

Atenor Rivera no sólo le narró lo sucedido a los cóndores sino que le mostró las fotografías que había logrado captar con su celular. Luciano Méndez escuchó sin interrumpir y al cabo se quedó con el teléfono.

—Mientras se investiga qué pasó —dijo finalmente el coronel—, es mejor que lo crean muerto, señor Rivera. Por su seguridad, no comente nada de esto con nadie. Ni con su hijo: por la seguridad del muchacho. Ahora voy a ponerlo en manos del traumatólogo y después voy a buscarle un escondite seguro: por el momento, parece que usted es el único testigo que salió con vida. Todavía no sabemos nada del otro al que usted vio saltar y desaparecer.

Pero el coronel iba a enterarse un minuto después. Tan pronto como se llevaron al paciente a Traumatología, un sargento de Comunicaciones, de los que habían tomado a su cargo todos los teléfonos del hospital, le informó que una persona que decía llamarse Máximo había telefoneado tres veces, pidiendo hablar con el coronel acerca del accidente sufrido esa tarde por los cóndores de la policía. El hombre se negaba a dar más detalles o a esperar en la línea. En cambio había dejado un número de celular, con la advertencia de que el coronel debía llamar antes de media hora porque después aquel número quedaría desactivado.

Luciano Méndez recordaba a un Máximo implicado en un contrabando de droga que el servicio de inteligencia del ejército había logrado desbaratar tres años antes, aunque nunca se atrapó al individuo, que se esfumó como fantasma. Valía la pena oírlo. Decidió usar el celular de Rivera, porque, se dijo, para platicar con un espectro era apropiado usar el teléfono de un muerto.


—No salió nadie con vida —resumió doña Licha cuando llegaron a la ermita y pudo quitarse los zapatos—. La noticia terrible es que entre los muertos está el padre de nuestro Erasmo. Al principio ni figuraba en la lista de los presos que debían trasladar, pero lo agregaron al último minuto, en reemplazo de uno que se enfermó.

Reyes Ordaz no respondió de inmediato porque tenía la boca llena de pizza.

—Estabas hambriento, papá. Come, come. Yo ya no quiero anchoas: están muy saladas. Fue un accidente con olor a atentado. Uno de los helicópteros estalló en el aire y los fragmentos de metal y picadillo de cadáveres se regaron un kilómetro a la redonda: les tomará dos o tres días peinar el área y juntar los... guiñapos. El otro aparato se desplomó como fulminado, allá en el sur, al pie del nuevo distribuidor vial, y estalló como una bomba. Todavía no logran apagar el incendio. Todos carbonizados, por supuesto. Voy a calentarme una crema de chícharos. ¿Tú gustas?

Ordaz negó con un gesto, tragó lo que tenía en la boca y se dispuso a hablar pero, pensándolo mejor, empuñó otro triángulo de pizza y se lo llevó a la boca. En el área de la cocina Licha abrió una lata, vertió el contenido en una ollita y la puso al fuego. A continuación encendió el televisor, presintonizado en *Hoy y aquí*. A esa hora los bomberos ya habían logrado apagar el incendio al pie de la autopista, pero aún no podían acercarse a rebuscar en el rescoldo:

—Lo que sí hemos podido establecer —gritó el reportero para hacerse oír sobre el fragor del lugar de los hechos— es que nadie ordenó el traslado de nadie a ninguna parte. Pero nadie, tampoco, quiere hablar con la prensa: ni en la comandancia del escuadrón de cóndores, ni en la jefatura de la policía del DF, ni en el gobierno de la ciudad. ¡Sin embargo, *Hoy y aquí* sigue investigando!

—Ese tipo grita como chachalaca. Siempre me cayó mal —masculló Reyes Ordaz.

—El rumor que circula —dijo doña Licha, quemándose la lengua con la hirviente crema de chícharos— es que los Doce del Patíbulo iban a ser rescatados por policías coludidos con uno de los cárteles, pero fueron saboteados o emboscados por sicarios de otro de los cárteles, o viceversa. No sé si me explico. Vecinos de Coyoacán dicen que vieron, o les parece que vieron, que los helicópteros se tiroteaban, intercambiaban disparos, pero no están seguros. ¿Te gustó la pizza? Lo que yo pregunto, papá, es ¿qué va a ser de este país si la presidenta se muere en el quirófano?

—Golpe de Estado —contestó Reyes Ordaz sin vacilar—, los rojos tomarían el poder. No hay quién los pare.

Máximo contestó de inmediato y a Luciano Méndez no le costó reconocer la voz que tanto él como el doctor y capitán Javier Rendón habían oído tres años atrás, cuando ambos, como agentes de la inteligencia militar, interceptaban comunicaciones de telefonía satelital de una banda de narcotraficantes.

—Sí, Máximo —dijo el coronel—. Reconozco su voz.

—Bien —dijo la voz—. Esta vez tampoco podrá atraparme, pero voy a entregarle a los peces gordos que me traicionaron. Preste atención y tome nota, por si le falla la grabación, porque no repetiré esta información.

Luciano Méndez no sólo grabó y anotó sino que memorizó la información, con puntos y comas.

—Yo le avisaré cuándo, dónde y cómo atrapar a Épsilon. Se lo voy a poner en charola de plata —y cortó bruscamente, sin permitir preguntas.

Cuando el teléfono enmudeció, el coronel se tomó un minuto para repasar sus opciones. Sabía perfectamente qué debía hacer, pero no con quién hacerlo. Al fin se decidió y marcó el número de Javier Rendón, en la Cruz Roja:

—Camarada —dijo el coronel—, te necesito otra vez, como hace tres años.

—Caray, cuate... ¿O debo decir mi coronel? —replicó con ligereza la voz de muchachón del capitán Rendón; pero enseguida agregó en tono más denso—: no sé si todavía funciono para esos trotes... Además, estoy de guardia.

—No puedes negarte, camarada, porque en ti sí confío —se sinceró Méndez—. Yo no puedo moverme de aquí, pero tú inventa alguna excusa y ven de inmediato. Diles lo que quieras: por ejemplo, que el café de la Cruz Roja te provoca colitis.

—¿Golpe de Estado... comunista? —se horrorizó la señora Licha.

Los pocos que aún frecuentaban a Reyes Ordaz de entre aquellos que lo conocían desde antes de la caída, murmuraban que el otrora famoso *anchor person* sólo se mostraba verdaderamente humano y complaciente cuando dictaba cátedra para su joven esposa y algunos de sus discípulos, los más brillantes. Ahora el maestro tragó el último triángulo de pizza con anchoas y se dispuso a exponer para doña Licha una versión coloquial de la teoría de los círculos concéntricos que, según él, protegían y al mismo tiempo encerraban a la presidenta electa:

—Los oficiales más jóvenes, tenientes, capitanes, mayores, coroneles y sus equivalentes navales, los autodenominados azules, son los que en estos seis años sobrellevaron lo peor de la guerra contra los cárteles. La queja de los Azules cabe en una frase que le oí a un teniente de paracaidistas: «Los generales y almirantes del Estado Mayor Conjunto ponen la estrategia y nosotros, los muertos», que ya pasan de mil quinientos en esos rangos de oficiales jóvenes... sin contar suboficiales, soldados y policías, por supuesto. ¿Cómo te suena?

—Terrible. Siempre se ha dicho que las guerras son usadas por los viejos para librarse de los jóvenes. Yo simpatizo con estos azules pero, ¿qué proponen? ¿Cuál sería la estrategia para ganar la guerra sin sufrir tantas bajas? No pueden mandar a los generales a combatir en los cerros, en los desiertos de la Frontera Norte, en la Tierra Caliente de Guerrero o en Michoacán...

—Justamente —repuso Ordaz con paciencia socrática—. El gurú al que invocan los azules es sir Robert Thompson, un alto jefe de la RAF británica de mediados del siglo pasado, considerado uno de los pocos, o tal vez el único estratega militar que alguna vez logró derrotar plenamente a una guerrilla comunista, en Malasia, en los cincuenta. Aunque era aviador, Thompson decía que a la guerrilla no se le extermina con bombardeos aéreos sino pie a tierra, arrebatándole el apoyo de la gente que esconde y alimenta a los guerrilleros. En vez de arrasar plantíos, quemar aldeas y hacer redadas, decía Thompson, hay que abrir carreteras, construir hospitales y escuelas, atender a los enfermos, vacunar a los niños... En vez de contar cadáveres, salvar a los vivos. A Thompson le funcionó, en Malasia.

—¡Claro! —se entusiasmó la señora—. ¡Tienen razón! Tú, ¿qué opinas?

—Que los azules están equivocados —sentenció Reyes Ordaz—. Los rojos tienen razón. Es precisamente lo que procuro explicar en este artículo que empecé a dictarle a la grabadora. ¿Quieres oír?

—Mañana. Ahora tu hijo me exige que nos vayamos a dormir. ¡A la cama!


Mientras esperaba a su camarada Javier Rendón, el coronel se reunió con los muchachos confinados en la salita donde bufaba la cafetera. Y lo primero que hizo, tal como le habían enseñado en la Escuela Superior de Guerra, fue revelarles la porción indispensable de verdad que los chicos necesitaban para avenirse a obedecer:

—Primero: los cóndores no se accidentaron sino que fueron abatidos por fuerzas hostiles. Segundo: el enemigo cree que nadie sobrevivió. Tercero: si se filtra que Atenor Rivera está con vida, el enemigo tratará de ultimarlo, para que no testifique. Conclusión: la vida del testigo está en nuestras manos. Pregunta: ¿dónde vamos a esconderlo? Este hospital es, tal vez, el más seguro del país, pero aquí hay demasiada gente: bastaría una sola lengua suelta para que Atenor Rivera fuera hombre muerto. ¿Dónde esconderlo?

—¡Con mi abuelo, en mi pueblo! —chilló Fermín.

Entre sorprendidos y disgustados, todos voltearon a ver al más joven, que parecía dispuesto a brincar sobre la mesita del café. El primero en entender fue Omar:

—Por supuesto: en la Barranca de Nopala. Allá está mi mamá. Ella estudió enfermería, cuando joven: podrá cuidarlo y alimentarlo.

Sólo habían pasado tres años de su aventura con la patrulla Jaguares de *boy scouts* en aquella recóndita barranca de la sierra de Monte Alto, cuando un aluvión de lodo y piedras casi los convierte de vacunadores vivos en héroes muertos. Sólo tres años: sin embargo, en ese tiempo habían pasado tantas cosas que al coronel Méndez le tomó unos segundos reenfocar la memoria:

—¿Aquel pueblecito? ¿No quedó arrasado? ¿Todavía hay habitantes, ahí?

—Por supuesto que ahí están —se apresuró Fermín—. Mi abuelo nunca se rinde. Ya reconstruyeron la presa y los criaderos de truchas y ahora están reforestando, aprovechando las lluvias. Y mi abuelastra...

—Mi mamá es amiga, bueno, como novia de su abuelo —aclaró Omar—, y este tarabilla la llama abuelastra.

—¿Tarabilla? —murmuró Pinky, bajito.

—Así les dicen mis primos, los rancheros del norte, a los tontos habladores como este Fermín.

—Pues a mí no me parece tan tonto —interpuso Erasmo—. Ahí mi padre estará seguro: ese pueblo es como de otro planeta.

—Hecho —dijo el coronel—. Erasmo, Omar y Fermín, organicen el traslado del paciente para ahora mismo, tan pronto como el traumatólogo lo autorice. Manuel, seguramente tú puedes conseguir un vehículo adecuado para llevarlos a la barranca esta misma noche: recuerdo que el camino no era fácil, pero, por fortuna, hoy no llueve. ¡En marcha, Jaguares!

Los muchachos partieron al galope y el coronel se volvió hacia las chicas:

—Para ustedes, Roberta, Pinky, tengo una tarea tan delicada que sólo ustedes podrían... si aceptan.

—Claro. Nosotras... —empezó Roberta, pero Pinky se le adelantó:

—Seamos prácticos. Mi mamá nos somete a toque de queda: tenemos que estar en casa antes de que den las diez.

—Yo hablaré por teléfono con la señora: no podrá negarse. Lo que necesito de ustedes es que vayan por sus cosas, ropa, lo que necesiten, y se instalen aquí unos días para acompañar a Ofelia, la hija de la presidenta. Ofelia es de la edad de ustedes, un poco menor, y está muy deprimida. No puedo permitirle salir del hospital, no puedo dejar que entren sus amigos a visitarla y... ¿Puedo contar con ustedes?

La respuesta era afirmativa, por supuesto, pero las chicas no pudieron contestar porque en ese momento un soldado-enfermero entreabrió la puerta y asomó la cabeza para anunciar que ya había llegado el capitán Rendón.


El capitán Rendón tuvo que esperar un rato mientras el coronel repasaba y *palomeaba* su lista mental de pendientes de ese día tremendo: ¿la secretaria de Estado de los Estados Unidos llegó con bien a la base de Santa Lucía y ya vuela rumbo a Washington? *Check*. ¿La presidenta ya está en cama, velada por su esposo y su hija, tratando de relajarse antes de ingresar al quirófano mañana a las seis de la mañana? *Check*. ¿La muchedumbre con sus velas y linternas ante las verjas del hospital, sigue mansa y paciente? *Check*. ¿La madre de Pinky autorizó a su hija y a Roberta a convertirse por unos días en damitas de compañía de la hija de la presidenta? *Check*. ¿Atenor Rivera va perfectamente escoltado camino a su escondrijo en la sierra? *Check*. ¿Y los *peces gordos*...? Pendiente.

—Adivina quién resucitó —dijo el coronel cuando se dejó caer en la silla del otro lado de la mesa, frente a su camarada Rendón.

—No sé —dijo el capitán—. Después de diez horas de colitis en la Cruz Roja me pongo muy lento.

—Máximo. ¿Te acuerdas de él, hace tres años, en la Riviera Maya? Ofrece información a cambio de protección.

—¿Qué información? ¿No blofea?

—No lo creo. Ofrece las identidades y paradero de los miembros de ese comité que andamos buscando desde hace un año. Ellos lo traicionaron, dice.

—Perfecto. Los traicionados son los mejores traidores —dijo Rendón—. ¿Qué hay que hacer?

## 7 Al filo de bisturí

Ofelia, la hija de la presidenta, estaba orgullosa de sus tiernos ojos color miel y el corte redondeado del rostro, que la hacían parecerse a viejas fotos de su madre; y usaba el cabello castaño claro severamente recogido en la nuca, para acentuar la semejanza. Pero era lo único que le gustaba de su imagen. En cambio odiaba las piernas delgadas, los codos puntiagudos y el pecho casi plano. Ahora ojeaba a Roberta y Pinky de arriba abajo, con hostil curiosidad:

—¿Ustedes me van a vigilar?

La presidenta había sido llevada al quirófano a las seis de la mañana. Por ser médico, al esposo le habían permitido acompañarla. Y a Ofelia la habían dejado con estas extrañas.

—Ustedes, ¿qué edad tienen? —preguntó Ofelia sin dejar de examinarlas con desconfianza.

—Yo cumplí dieciocho en marzo —dijo Roberta—, y no soy vigilante, ni policía, ni militar. El coronel Méndez nos pidió que te hiciéramos compañía mientras operan a tu mamá.

—Yo también tengo dieciocho: los cumplí en septiembre —dijo Pinky—. Si prefieres estar sola, podemos irnos.

—No es eso... —murmuró Ofelia en tono menos erizado—. Es que este lugar huele a desinfectante. Extraño el rancho, los caballos… Me encanta cabalgar. Los caballos entienden todo lo que les digo.

—Qué envidia —dijo Roberta—. Recuerdo muy bien Mazamitla: es un lugar muy hermoso, donde nadie tiene miedo de nada. Ahí viven unas viejas tías… cuando yo era chica íbamos a visitarlas, en vida de mi mamá.

Ofelia se enderezó en su sillón, como para enfocar mejor a Roberta:

—¿Tu mamá murió?

—Sí, hace cuatro años.

Pinky pensó que no era el mejor momento para hablar de madres muertas:

—A mí también me gustan los caballos —dijo para corregir el rumbo de la charla—. El segundo marido de mi mamá nos llevaba a veces a cabalgar, pero ya se divorciaron. Y tú, te llamas Ofelia, ¿verdad? ¿Puedes montar con esa barrigota?

—No, cómo crees. Pero a mi bebé le enseñaré a montar antes de que aprenda a caminar. Mi papá, que es psiquiatra, dice que lo ideal es que los niños se familiaricen desde chiquitos con perros y caballos. Yo aprendí a montar a los tres años y a los cinco tuve mi primer poni. Ustedes, ¿son casadas? ¿Ya tienen hijos?


Muy temprano aquella mañana Máximo telefoneó a Épsilon y lo citó en un sombrío estacionamiento subterráneo de Paseo de la Reforma. El coronel quedó tan pasmado al oír la voz de quien creía muerto y carbonizado, que aceptó la cita sin chistar. Con suficiente anticipación, Máximo estacionó su Peugeot de vidrios polarizados entre dos columnas, sacó de la cajuela una sillita plegable y buscó un rincón oscuro desde el cual presenciar la escena.

Al rato vio que un vetusto *jeep* rojo cuyo motor, sin embargo, roncaba como nuevo, se estacionaba en otro rincón de aquel sótano. Dos sombras salieron del *jeep* y se ocultaron tras las columnas cerca del Peugeot. Uno de los agazapados, pensó Máximo sin estar seguro, vestía uniforme. Quince minutos más tarde, viendo llegar el reluciente Volvo de Épsilon, el espectador se arrellanó en la sillita, dispuesto a gozar del espectáculo.

—¿Casada, con hijos? ¿Tan vieja me veo? —Roberta rio de buena gana—. ¡Ni novio tengo!

—Bueno, amiga —intercedió Pinky—, ¿sales con el doctorcito Javier, verdad?

—¡Pero no pasa nada! Menos que con Erasmo.

Con el chismorreo las chicas estaban consiguiendo divertir a Ofelia:

—Es que yo las veía muy maduras, mayores de dieciocho. No me digas, Roberta, que tú, con ese cuerpo y esa cara… ¡todavía! Y tú, Pinky, con ese cuerpazo… ¡Anda, cuéntame! ¿Por qué te dicen Pinky?

—¡Por chaparra, no por lujuriosa! —se carcajeó Pinky—. Ya sabes, *pinky* quiere decir dedo chiquito, meñique. Pero yo sí tengo novio. Se llama Manuel, va a estudiar Ingeniería Aeroespacial en Querétaro y yo me voy a vivir con él, porque a los hombres no conviene perderlos de vista. Al cabo, ya soy mayor de edad: no alcancé a votar por tu mamá, pero lo habría hecho de mil amores. Roberta sí votó.

—Sí voté —dijo Roberta—. Tu mamá es una gran mujer. ¿Y tú, qué edad tienes? ¿Diecisiete?

—No, dieciséis. Y tampoco tuve novio, nunca. Bueno, ya ven, no soy bonita, ni sexy, ni tan inteligente como mi mamá, así que nomás tuve un amante, pero nunca tuve novio…

Épsilon salió del Volvo, miró en torno, no vio nada alarmante y caminó hacia el Peugeot cuidadosamente, como si anduviera con zapatos nuevos. Al llegar al auto de Máximo trató, como siempre, de atisbar al interior pero, como siempre, no pudo ver nada a través de los vidrios polarizados. Abrió la portezuela trasera y entró. Sin embargo, sorprendido al no ver a nadie en el asiento delantero, no cerró de inmediato la portezuela; tampoco vio las sombras que emergieron detrás de las columnas, se metieron al Peugeot y se sentaron a su lado, una a su izquierda, otra a su derecha.

—Hola, coronel Épsilon —saludó con voz de adolescente afónico una de las sombras, al tiempo que le hacía sentir una pistola en las costillas—. Su amigo, el coronel Luciano Méndez, desea hablar con usted. ¿Vendrá con nosotros, verdad?

Épsilon no opuso resistencia. Acompañó a sus captores al *jeep* rojo y se sentó en la parte trasera, junto al capitán Rendón, que vestía ropa deportiva. El capitán enfundó su arma en una pistolera que llevaba cruzada al pecho, bajo la chamarra. Adelante, Manuel, vestido de soldado para simular mayor edad, tomó el volante, sacó el *jeep* del estacionamiento y enfiló tranquilamente hacia el poniente, rumbo al Hospital Militar. Atrás emergió de la rampa el Peugeot de Máximo, que tomó rumbo al oriente.


La charla con Roberta y Pinky parecía haber destrabado una válvula en el cerebro de Ofelia, que ahora hablaba vivazmente, sin dejarse interrumpir:

—Es mentira, nunca me violaron, porque Tercero me cuidaba todo el tiempo. Así se llamaban: Primero, Segundo y Tercero. Tercero era tan joven que casi no tenía barba. Él no se ponía pasamontañas para verme y darme de comer. No le importaba que yo lo viera. Fue el primer hombre que me acarició. Antes, en la escuela, otros chicos nunca me acariciaron, porque, ya ven, no soy bonita y voy a misa los domingos… La mayoría de los muchachos que invité no fueron a mi fiesta de quince. Las chicas a veces me invitaban a salir con ellas porque prefieren invitar a las feítas, que no somos peligrosas. ¿Ustedes dos, salen juntas? ¿Nunca se pelean?

—Al grano —dijo Pinky—. Ese Tercero te acarició. ¿Dónde? ¿Qué te hizo?

—Pues, ya ves que me sale este vello acá, a los costados de la cara, donde los hombres tienen patillas. Casi no se ve, porque es un vello rubio, güerito, pero se toca. Él me los acariciaba muy suavemente y me decía que no me depilara porque parecían pelusa de oro. Me electrizaba.

—Entonces, un día lo agarraste de los pelos, lo tumbaste en la cama y lo violaste —dijo Roberta en tono que pretendía ser ligero.

—¡No, cómo crees! Nomás que me bañaba y él se bañaba conmigo. Era como un juego con la esponja y el jabón...

—¡Me imagino! —dijo Pinky—. Jueguitos inocentes, como de primitos que los bañan juntos... nomás cosquillas.

—Reconozco que yo jugaba con él más que él conmigo. Nunca pude contárselo detalladamente a mi confesor.

—¿El confesor te absolvió? —preguntó Roberta seriamente.

—Sí, varias veces. Dijo que yo era una inocentona que había sido violada con astucia, como una mosquita que cae en la trampa de la dulzura.

—¿Y tú lo crees?

—No. Él tenía que decir eso, porque es el confesor de mi mamá y me conoce desde niña... Pero yo sé que nunca en la vida gocé tanto como esos días con Tercero. ¡Ay!

Mientras hablaba, Ofelia se había tomado el vientre con las dos manos.

—¿Qué te pasa? ¿Quieres vomitar? —preguntaron las chicas.

—No, no... ¡ay! Es el bebé, que me patea... A veces duele. Ya, ya pasó.

—Toma agua —Pinky le acercó un vaso.

—¿Quieres que llame a alguien? —dijo Roberta.

—No, ya estoy bien, ya pasó. El caso es que el día en que llegaron los soldados, Tercero saltó al frente. Yo creí que me cubría con su cuerpo y grité ¡no disparen!, ¡no disparen!, pero Tercero estaba sacando una granada para aventárselas y ellos le metieron tres tiros. ¡Ay! ¿Me ayudan a ir al baño, por favor?

Roberta la ayudó y se quedó con ella en el baño, por las dudas:

—A ver, bebé, quédate quietecito un momento para que tu mamá pueda hacer pipí —dijo en tono leve, para animar a Ofelia.

—Estoy bien —dijo la chica sentada en la taza de baño—. Ya no me duele. Es increíble cómo patea cuando nombro a su papá.


—Qué gusto verte, Luciano —dijo Épsilon cuando lo condujeron a la austera oficinita del coronel Méndez—. Estás más gordo.

—Sí, hombre. La buena vida. Gracias por venir a charlar —dijo Méndez sin sonreír.

—Faltaba más. Tu joven emisario fue muy persuasivo. Nomás una pregunta, capitán... ¿o teniente? —agregó Épsilon coloquialmente, volviéndose apenas de costado para enfocar a Rendón, que seguía de pie, con la espalda apoyada en la puerta.

—Capitán, señor —respondió Rendón.

—Se ve tan joven —dijo Épsilon—. A propósito, esa pistolota suya, ¿es verdadera?

—Muy verdadera, señor. Es una Luger PO8, es decir, una Parabellum. Perteneció a mi abuelo materno, que luchó en la Guerra Civil española. Del lado franquista, debo reconocer. ¿Desea examinar esta reliquia, señor? Está descargada.

—Me encantaría. Pero no ahora, capitán. No le quitemos más tiempo a mi amigo Luciano.

Méndez había seguido la breve escena sin pestañear:

—Bueno —dijo al fin—, ya sabes que el tal Máximo nos contó todo. Y también sabes que el sujeto no está dispuesto a atestiguar, de modo que, en condiciones normales, no tendríamos elementos para someterte a corte marcial, ni a ti ni a tu general... ¿cómo le llaman? ¿Alfa?

—Puff, qué alivio —se burló suavemente Épsilon—. Entonces, ¿puedo irme a recoger mi auto, que dejé en aquel estacionamiento?

—Dije «en condiciones normales». Pero las actuales son circunstancias anormales, peligrosas. Por ejemplo, sería inconveniente que tus helicopteristas del escuadrón de apaches fueran sometidos a corte marcial por haber asesinado a veinte civiles y ocho... siete, descontando a Máximo, helicopteristas del escuadrón de cóndores de la policía del DF, a consecuencia de haber sido engañados por su propio jefe, quien les hizo creer que unos sicarios habían secuestrado un par de helicópteros de la policía para liberar a una bola de peligrosos narcos...

Épsilon, que se había acomodado relajadamente en su silla, se enderezó de pronto, auténticamente sorprendido:

—Por supuesto, tampoco hay pruebas de esa... conjetura —dijo, tratando de sonreír.

—El caso es que sí las hay —dijo Méndez sin prisa, poniendo sobre la mesa un par de fotos con la fecha y hora en que fueron captadas y en las cuales se distinguía nítidamente el número de matrícula de uno de los apaches, encuadrado en el inconfundible marco de la compuerta lateral de un cóndor—: Como puedes ver, antes de saltar de su pájaro Máximo logró unas buenas tomas con su teléfono celular. Increíble la calidad de esas camaritas, ¿verdad?

Épsilon no volvió a respaldarse en la silla: adelantó el torso para acercarse más a Méndez, nariz a nariz.

—Dudo que una corte aceptara eso como prueba, pero mis helicopteristas me echarían de cabeza. ¿Qué quieres que haga?

—Nada difícil. Sólo tenme informado de todo lo que haga o decida tu comité, desde hoy y hasta el primero de diciembre. Repórtate conmigo diariamente a este número —dijo Méndez, poniendo sobre la mesa una tarjeta, que Épsilon tomó con mano no muy firme.

—Bueno, el comité no proyecta hacer nada antes del primero de diciembre... —murmuró, palpando la tarjeta como si leyera braille—. ¿Y después?

—Después del primero de diciembre trataré de conseguirte un apacible retiro.

—Siempre que tu presidenta salga con bien de ese quirófano y pueda asumir el poder el primero de diciembre.

Antes de contestar Méndez se incorporó, como disponiéndose a guiar al visitante hacia la puerta:

—Si ella no llega —concluyó en tono opaco—, serás tú quien me mandará al retiro, a ejercer la medicina en la Cruz Roja.

Antes de salir, Épsilon hizo el ademán de estrechar la mano del camarada, como para sellar un acuerdo, pero Méndez se limitó a abrir la puerta:

—Capitán —ordenó a Javier Rendón—, acompañe al coronel a pasar el retén de salida.

Cuando quedó solo, Luciano Méndez trató distraídamente de verse reflejado en el vidrio de la ventana, pero no lo consiguió. Un minuto después, al regresar Rendón, el coronel se volvió hacia el capitán:

—¿De veras estoy tan gordo? —preguntó, pensando en otra cosa.

—Sí. Pero debo volver a la colitis, es decir, la Cruz Roja. ¿Se te ofrece algo más, camarada? —dijo Rendón.

—Nomás dos cosas. Una: ¿es verdad tu historia de la Luger?

—No, qué va. Esta cosa es de juguete: la compré en Tepito.

—«Lo sospeché desde un principio» —sonrió Méndez—. Lo segundo que debo pedirte es que de algún modo penetres en ese edificio vacío donde, según Máximo, se reúne el comité, y plantes algún dispositivo para oír y grabar sus reuniones. Por supuesto, no confío en nuestro «agente doble», Épsilon.

—Sí, me pareció que lo dejabas ir muy fácilmente.

—Es mejor darles reata para que se ahorquen solos. ¿Te harás cargo?

—Ya sabes que no sé decir no. Qué bueno que no soy mujer.


Ofelia se demoraba en el baño, pero Roberta mantenía la puerta entreabierta, por las dudas.

—¿Ya sabes si es niño o niña? —preguntó Pinky—. ¿Qué nombre vas a ponerle?

—Todavía no sé. Fíjate que yo... Caray, Roberta, parece que estoy sangrando.

Gracias a su entrenamiento como socorristas de la Cruz Roja, Pinky y Roberta no perdieron la calma: acostaron a Ofelia, le pusieron toallas entre las piernas y, mientras oprimían el botón del timbre de emergencias, siguieron con la charla, para mantenerla tranquila.

—Si es niña deberías llamarla Ofelia, como tú —dijo Pinky—. ¡Es un nombre tan romántico!

—Así se llamaba la novia de Hamlet. ¿Lo sabías? —dijo Roberta.

En ese momento entró una enfermera, vio lo que sucedía, dijo «Voy por el doctor» y salió de prisa.

—No, Ofelia no —dijo Ofelia—, porque murió trágicamente. ¿Sigo sangrando?

—No es sangre. Parece agua —dijo Pinky.

La enfermera regresó con una silla de ruedas y un médico muy joven, muy güero y con el pelo muy corto, tanto que parecía calvo. Tras ellos venía el coronel Méndez, de bata blanca. Al verlo, Ofelia se animó:

—¡Tío Luciano! Sangré un poquito. ¿Sigo sangrando?

—No, princesa, no sangras —dijo Méndez aun antes de mirar—. Aquí, el doctor Arancibia te va a llevar a Ginecobstetricia, para que te vean los especialistas, pero no tengas miedo: sólo parece que tu bebé se quiere adelantar...

—¿Y mi mamá? ¿Cómo va mi mamá? —preguntó Ofelia mientras la sentaban en la silla de ruedas.

Méndez pidió a Roberta y Pinky que por favor esperaran ahí mismo. Él volvería por ellas en un minuto. Mientras los médicos y la enfermera se marchaban con la paciente, las chicas oyeron que el coronel tranquilizaba a Ofelia:

—Tu mamá va muy bien, princesa. Al rato la pasarán a Cuidado Intensivo y...

Para no someter a Reyes Ordaz a dieta de hambre por segundo día y previendo que ese día los muchachos tampoco acudirían al Cuartel Central, antes de irse a trabajar doña Licha obligó al hombre a tomar doble desayuno y lo proveyó de lo necesario para un nutritivo almuerzo. Así confortado, Ordaz empuñó el micrófono de su grabadora y atacó la parte más difícil de su artículo *La presidenta sitiada*: explicar las pretensiones de los altos jefes del Círculo Rojo. Paseándose por los jardines, empezó a dictar:

«Si entonces se hubiera dado la actual polarización, el secretario de la Defensa que cayó asesinado el año pasado habría sido catalogado como Azul porque simpatizaba con la idea de sir Robert Thompson de quitarle sustento popular a la guerrilla acercando el ejército al pueblo, especialmente al campesinado, con programas cívicos y sociales como la construcción de diques y caminos rurales, clínicas y escuelas; y la integración con los pobladores de comités de vigilancia para denunciar no sólo a los guerrilleros sino también a las autoridades corruptas. El asesinado secretario creía en la tesis presidencial de superar el populismo y la demagogia "rebasándolos por la izquierda".

»En cambio, el modelo mental del nuevo secretario de la Defensa es completamente Rojo. Este jefe es hijo de españoles y dice, en castellano de Castilla, que en la actual guerra las ideas llamadas "sociales" son "pamplinas, fruslerías y paparruchas", es decir, tonterías, porque la narcoguerrilla no trafica con ideales ni sentimientos, sino con mercancía de altísimo valor. La narcoguerrilla, dice el secretario, no se parece al Vietcong, ni siquiera a las FARC, porque no tiene ideología; ni a la ETA vasca ni al ERI irlandés, porque no tiene patria; ni al terrorismo musulmán, porque no tiene Dios.

»El secretario cree que el talón vulnerable de la guerrilla religiosa, patriótica o ideológica está en que debe convencer a la gente para ganar adhesiones; y que puede perder a estos adherentes cuando el bando contrario demuestra a los seguidores que estaban equivocados, que fueron engañados, como logró Robert Thompson con los guerrilleros comunistas de Malasia en los cincuenta.

»La narcoguerrilla, en cambio, no busca convencer cerebros ni ganar corazones: simplemente, los compra. No se puede competir con los narcoguerrilleros enarbolando ideologías, valores o tradiciones mientras ellos "ofrecen plata o plomo".

»En esta guerra, dice el secretario, mezclar al ejército con el pueblo es exponer a los soldados ante la misma disyuntiva: plata o plomo. En estos años se ha comprobado que muchos militares prefieren sobrevivir con plata en vez de morir como héroes: uno de los secretos peor guardados del ejército es que en tiempos recientes el índice de deserción superó el cuarenta por ciento, especialmente entre los mejor entrenados, porque a ellos les ofrecen más.

»Entonces, ¿no hay manera de vencer a la narcoguerrilla? Contra toda apariencia, el Estado Mayor Conjunto cree que sí. ¿Cómo? La fórmula se contiene en un sorprendente proyecto ultrasecreto llamado REGI, del cual *Lo que vendrá* ha obtenido una copia...».

Ordaz estaba tan absorto en el discurso que, gesticulando como si estuviera ante las cámaras, no había oído llegar a Manuel, ya libre de su disfraz de soldado, en aquel viejo *jeep* de motor nuevo; ni a Omar y Fermín, que habían venido por su lado en un camión de caja cerrada rotulado «Maderas Nopala». Sólo al girar para cambiar de sendero alcanzó el maestro a medio ver que los jóvenes lo escuchaban arrobados. Ordaz pensó que no iba a alcanzar la comida, pero le dio gusto recibirlos.

—¡Noticias del mundo exterior! —saludó el maestro—. ¿Qué hay de nuevo?

Había mucho de nuevo, pero los muchachos optaron por eludir los detalles, para no revelar que el «fallecido» Atenor Rivera gozaba de buena salud. Aplicando enseñanzas de Ordaz («la mejor manera de engañar no es mentir sino decir la verdad incompleta»), se limitaron a contestar que habían estado ayudando a la Cruz Roja, lo cual era parte de la verdad.

—¿Y Erasmo? —preguntó Ordaz—. ¿Cómo está tomando lo de su padre?

—Pues... —empezó Fermín, pero Omar lo interrumpió:

—Con entereza.

—¿Rebeca y Pinky están con él?

—No —explicó Manuel—. Están en el hospital, con la hija de la presidenta. Y yo me voy con este *jeep* que saqué del taller porque el cliente irá a recogerlo al mediodía.

«Qué bueno que son como hermanos», pensó Reyes Ordaz. En voz alta dijo:

—Qué bueno que vino Fermín, para ver si tenemos algún mensaje de Cosme Giuliani.

Fermín corrió a conectar el sistema. El maestro, pensando que tal vez sí alcanzaría la comida, echó a andar lentamente a la par de Omar, aprovechando que, aunque ya se juntaban nubes en el horizonte, todavía brillaba el sol.

—¿Cómo ve el futuro, maestro? —preguntó de pronto Omar.

—¿Del país, de la política?

—No. De la industria de la madera —explicó el muchacho—. El abuelo de Fermín me ofrece que vaya a trabajar con él y su gente allá arriba, en la Barranca de Nopala, a la explotación forestal. Ya rehabilitaron la fábrica de aglomerado y triplay... Yo nomás tendría que meterme a estudiar ingeniería industrial.

—Me sorprende —dijo Reyes Ordaz, de veras sorprendido, porque Omar, cuyo padre estaba internado en un manicomio, siempre había dicho que pensaba estudiar Psicología para averiguar por qué tanta gente se vuelve loca—. Y, la verdad, no sé nada de industria forestal. ¿El abuelo de Fermín y tu mamá son muy amigos, verdad?

—Sí. Mi mamá se fue a vivir con él. Y él no parece mala gente: a falta de padre...

Silenciosamente, Reyes Ordaz agradeció que en ese momento regresaba Fermín, siempre a la carrera, porque en verdad no se le ocurría qué aconsejar al casi huérfano Omar.

—No, maestro, no hay nada de Giuliani. Si no se le ofrece nada más...

Cuando pasó el mediodía sin noticias de la presidenta, la multitud volvió a crecer con trabajadores, hombres y mujeres, que aprovechaban la hora de la comida para ir por novedades. Revoloteando como abejas en torno de la muchedumbre, los vendedores ambulantes agotaban canasta tras canasta de tacos; y unos emprendedores pastores protestantes empezaron a organizar grupos de oración: hombres, mujeres y niños tomados de las manos, como cuáqueros. Después se presentó un sacerdote católico, flaco y nervioso, seguido por dos acólitos que contra la verja del hospital ubicaron una mesa, la cubrieron con un fino mantel bordado, entronizaron ahí un crucifijo de plata e improvisaron una misa, con todo y cánticos.

Los rezos dieron resultado porque al rato las bocinas cobraron vida y una voz castrense anunció que tras ocho horas en el quirófano la operación había concluido con éxito y la paciente había sido trasladada al servicio de Cuidado Intensivo. La multitud prorrumpió en una ovación que retumbó en las nubes que, a esa hora, ya cubrían la ciudad; y ante el altarcito improvisado en la banqueta, unos jovencitos quisieron iniciar «la ola», como en el futbol, pero la gente no los secundó.

Monseñor Zeta llegó puntualmente a comer con el nuncio y pudo comprobar una vez más que el cocinero corso de la nunciatura bien merecía la fama de que gozaba y el alto salario que, según habladurías, le pagaba un empleador a quien la dispepsia sólo le permitía consumir pasta sin sazonar y legumbres cocidas.

Zeta se llevó a la boca el último trocito de un flan napolitano bañado en jarabe de jengibre, combinación que sólo podía ocurrírsele a un corso, pero que sabía deliciosa; y alzó la vista al cielo porque percibió las primeras gotitas de lluvia en el filo de la nariz.

Habían comido en el jardín, sentados a una mesita de tapa de vidrio y en sillas de hierro forjado tan bonitas como incómodas; ambos agradecieron la excusa de la lluvia para trasladarse a la sala de música, donde efectivamente había un piano que por años nadie había tocado y ahora servía de pedestal al ancho monitor de plasma de un televisor que el nuncio mantenía encendido casi todo el día.

Ahí se enteraron, por un reportero con voz de chachalaca, que la operación a la presidenta había sido exitosa y que ante las verjas del hospital la gente entonaba himnos religiosos.

—«Operación exitosa» es lo que dicen los médicos cuando el paciente logra salir del quirófano aún respirando. No significa nada —dijo Zeta.

—Por favor, no me hable de operaciones —imploró el nuncio—. Tendré que operarme de hemorroides y dicen que la convalecencia es espantosa. ¿Quiere café, algún licor...? ¿Y qué sabemos de Giuliani?

—Sólo *espresso, lungo* —dijo Zeta al mesero que se les había acercado de puntillas—. De Giuliani no sabemos nada, lo cual resulta aún más preocupante. Y esta mañana llegó del Vaticano un nuevo grupo de auditores para reforzar a los inspectores en Cotija. Se adivina la voz de Giuliani en la oreja del secretario de Estado.

—Era previsible, con o sin la incursión de Giuliani. El Vaticano se prepara para acabar totalmente con los Legionarios de Cristo.

—Y de paso apropiarse de los cien mil millones de dólares que, se calcula, la legión tiene en el colchón. Para obras de caridad, por supuesto —masculló Zeta.

—Supongo que en Cotija están abrumados, en pleno duelo...

—Nada de eso. Están eufóricos. Dicen que ahora sí podrán liberarse de la herejía entronizada en el Vaticano, para formar su propia Iglesia. Dicen que ya tienen del gobierno la promesa de reconocerlos oficialmente y permitirles conservar todos sus bienes y recursos.

—¿De cuál gobierno? ¿Del actual o de la presidenta en terapia intensiva?

—Del gobierno provisional que se formaría si la presidenta muere o queda incapacitada —repuso Zeta—. ¿Y usted, toma café?

—No, qué va. Sólo té de hierbas —se condolió el nuncio.


Después de quitarse el sudado atuendo de quirófano, el marido de la presidenta se lavó cara y manos y permaneció un momento ante el espejo, viéndose las ojeras y la palidez. Respiró profundamente varias veces, no sólo con los pulmones sino con el abdomen, al modo yoga; y cerró los ojos para visualizar un lago de aguas turbulentas que se aquietaban poco a poco. Cuando volvió a mirar, descubrió en el espejo la imagen de Luciano Méndez, que había entrado sin hacer ruido.

—Amigo —dijo suavemente el coronel—, descansa un ratito, tómate un café y ponte otra vez ropa de quirófano: llevaron a Ofelia a la sala de partos.

# 8 Juegos de espías

El ultrasecreto proyecto de ley del REGI, Régimen de Estado de Guerra Interna, había llegado a manos de Reyes Ordaz tras recorrer un escabroso laberinto burocrático: pergeñado por juristas de la Universidad Militar, había pasado al Estado Mayor Conjunto, donde sufrió enmiendas; después, en consulta extraoficial, había ido a la Suprema Corte de Justicia, de donde regresó con un visto bueno condicionado. A continuación, corregido y rotulado como Plan de Contingencia con el máximo grado de confidencialidad (triple A), fue al Comité de Planeación Estratégica de la Secretaría de Hacienda para su análisis desde el punto de vista presupuestario. Y etcétera, etcétera, etcétera. Con el resultado de que una copia del documento ultrasecreto había caído en manos de un sigiloso informante de Reyes Ordaz, a quien el maestro aún llamaba *Deep Throat*, *Garganta Profunda*, en homenaje al legendario infidente que cuatro décadas atrás había facilitado el linchamiento de un presidente estadounidense en las páginas del *Washington Post*.

En los años de esplendor de Reyes Ordaz, sus encuentros con el paranoide *Deep Throat* habían ocurrido en locaciones propias para cintas de espionaje: una góndola en lo más alto de la montaña rusa, el trenecito para niños que recorría el bosque de

Chapultepec (cada quien con su propio niño, para disimular), un elevador exprés de la Torre Mayor o alguna atestada estación del metro a la hora pico. Pero ahora que la libertad de movimientos de Ordaz había quedado limitada, se contentaban con el Método Fermín de correo electrónico.

El proyecto de REGI no sólo era extenso (cuarenta fojas) sino árido; pero Erasmo y Roberta, los discípulos de mentalidad política más aguzada, lo habían sintetizado en cuatro cuartillas impresas en cuerpo dieciocho que ahora Ordaz sudaba para condensar a la mitad:

«Para contrarrestar la fuerza del dinero con la fuerza del poder», dictó el maestro a su grabadora, «los altos jefes del Estado Mayor Conjunto proponen reformar la Constitución (aprovechando la mayoría de que dispondrá la presidenta en el nuevo congreso) para crear lo que llaman Régimen de Emergencia por Guerra Interna, REGI, que consistiría en: someter a gobierno militar aquellos estados donde las autoridades civiles se mostraran incapaces de luchar con eficacia contra la coalición de cárteles o... "sospechosas de complicidad con el enemigo".

»En esos estados o regiones —por ejemplo, una faja de doscientos kilómetros de ancho a lo largo de la frontera norte, del golfo al Pacífico, glosó Ordaz— se suspenderían las garantías constitucionales, la policía quedaría militarizada, la justicia sería impartida en juicios sumarios por cortes marciales y las cárceles se pondrían bajo control militar.

»En otras palabras: el gobierno civil cedería su lugar a un gobernador militar mientras durase la guerra interna, tal como se haría en caso de invasión extranjera.

»El Estado Mayor Conjunto fue un paso más allá y ordenó encuestas paralelas a las tres encuestadoras nacionales más confiables, las cuales hallaron que entre el sesenta y nueve y el setenta y cuatro por ciento de los encuestados —con pocas variaciones por sexo, edad, nivel socioeconómico o domicilio— apoyan la idea de adoptar un Régimen de Emergencia de Guerra Interna, a condición de que el mando supremo no quede en manos de los militares sino de la presidenta electa... si sobrevive».

Reyes Ordaz sumó esta segunda parte a la primera del artículo *La presidenta sitiada*, y escuchó el conjunto dos veces, para corregir detalles y comprobar que ambas partes embonaran sin fisuras. «Es una bomba», se autocongratuló silenciosamente y sólo entonces acometió resueltamente contra una de las tortas de tres pisos que doña Licha le había preparado con butifarra catalana, queso de Cotija, guacamole de molcajete, pimiento morrón amarillo y cebolla morada.

Omar y Fermín no tuvieron tanta suerte. Luego de comprobar que el maestro Ordaz soportaba incólume el abandono, habían recalado en la cafetería de la Cruz Roja —donde sólo servían saludables *hot dogs* de salchichas de pavo y pálidas hamburguesas de pollo— para reunirse con Manuel, que ahora piloteaba un estrepitoso VW convertido en *buggy*.

Ahí los atrapó Javier Rendón:

—Justo lo que necesitaba —los saludó el capitán—: tres hombres intrépidos. ¿Ese camión de maderería es de ustedes?

—Sí —contestó Fermín—. Vamos a entregar un cargamento de triplay a un cliente aquí cerca.

—Eso me da una idea genial —dijo Rendón, al tiempo que se quitaba la bata de médico y se encasquetaba una cachucha de beisbolista, con la visera hacia atrás.

La camarita del teléfono celular de Atenor Rivera no había sido el único ojo electrónico en captar imágenes de la ejecución de los cóndores en pleno vuelo. La escena también había sido registrada por manos profesionales tanto desde tierra como desde los apaches encargados de la faena.

El resultado era un *spot* de sólo veinte segundos que parecía entresacado de una película de guerra: primero, los rostros radiantes de los Doce del Patíbulo fotografiados en sus tiempos de gloria y poder; enseguida, uno de los cóndores en vuelo, captado en el instante de ser alcanzado por un *AIM-9 sidewinder* y estallar en esquirlas; y al fin el otro cóndor en loca caída para estrellarse en la calle al pie de la autopista y reventar en llamas que parecían quemar la pantalla, mientras se oía una abrasiva voz en *off*:

«Así caen los traidores. No fue un accidente: fue justicia. Estos delincuentes de cuello blanco recibieron muchos millones de nuestro dinero y ahora iban a convertirse en cantores al servicio del gobierno. Que sirva de advertencia: el Pacto no perdona».

El de hoy era un día ideal para machacar el *spot*, porque la audiencia era máxima: en Gran Bretaña culminaban los Juegos Olímpicos, en México la vida de la presidenta colgaba de un hilo de araña y el pueblo trabajaba, se transportaba, estudiaba, compraba, vendía, comía o dormitaba con al menos una oreja en la radio o la televisión.

Las primeras irrupciones del *spot* pirata provocaron no sólo confusión sino miedo en las televisoras. Nadie sabía de dónde salía el mensaje, ni quién lo injertaba en las transmisiones, ni cómo lo hacían, ni cómo evitarlo. Algunos ingenieros tenían ideas, pero preferían no meter mano:

—¿Qué quiere? ¿Que nos maten? —le contestaron a un ejecutivo que les exigía cortar la transmisión en seco cada vez que «brotara» el *spot*. El ejecutivo no insistió.


Aparte de no representar su edad —el mayor parecía menor y el menor, mayor—, el capitán Javier Rendón y el *boy scout* Fermín Robledo compartían una fascinación mística ante los artilugios electrónicos, como ese micrófono tamaño chícharo aplanado que ahora contemplaban con el aliento contenido para no empañarlo:

—Es tan sensible que aun metido bajo la alfombra capta todo lo que se hable en diez metros a la redonda en voz normal, sin gritar —explicó devotamente el capitán Rendón, al tiempo que, para ponerlo a salvo del traqueteo del camión, devolvía el chícharo a su cajita y la cajita al bolsillo izquierdo de su camisa vaquera.

El capitán y el muchacho iban en la parte trasera del camión de «Maderas Nopala», sentados en una pila de triplay. Adelante, Omar conducía y Manuel, con un bolígrafo entre los dientes, revisaba los documentos que acababan de falsificar gracias a la papelería con el logotipo de «Maderas Nopala» que encontraron en la guantera del camión.

—Y esta *tripa*, como la llamas —siguió explicando pacientemente el capitán—, es una sonda endoscópica, como las que usamos en cistoscopias, para ver la vejiga por dentro. En este caso...

—¡Metemos la sonda por un agujerito en la pared o el techo —brincó Fermín ansiosamente— y vemos por dentro la cueva de los Cuarenta Ladrones! Podemos llamar Operación Alí Babá a esta movida.

—No vamos a ver nada —aclaró Javier Rendón—. No tengo cámara ni fibra óptica. Pero vamos a oír todo lo que hablen y transmitirlo por este celular... a cualquier parte.

—Se va a agotar la batería del teléfono —objetó Fermín.

—No, patrón —dijo Rendón con un toque de orgullo profesional—. Este teléfono está modificado para funcionar con pilas de reloj, de las que duran meses, hasta un año. Sólo se enciende cuando recibe señal del micrófono. Y automáticamente se comunica con otro teléfono predeterminado. Y aquí está el taladro inalámbrico y las brocas para concreto. ¡Todo en orden, patroncito! Y ya llegamos.

Ante el domicilio que Máximo había dado, Manuel maniobró bruscamente, estilo camionero, y montó el camión de culata en la banqueta, justo ante la puerta del estacionamiento de una flamante torre de treinta pisos. De inmediato se abrió la puerta cochera y salieron dos guardias mal encarados y uniformados de verde. Omar sacó la cabeza por la ventanilla, escupió a la banqueta un chicle masticado y, sin mirar a los tipos, gritó:

—¡La maderaaaa...!

—¿Qué madera? —dijo el guardia más gordo y bajito, maniobrando para no pisar el chicle.

—¡La que ordenó el arquitecto del veintinueve! Ya está pagada. ¿Entramos a descargar o la dejamos en la banqueta?

—¡Aquí nadie puede entrar! —ladró el gordito.

—¿Qué arquitecto? —preguntó el otro guardia, el más alto, flaco y tranquilo, que se había acercado al camión por el lado del conductor.

—El del veintinueve. No se entiende bien la letra —dijo Manuel, mostrando por su ventanilla un manojo de papeles—. Cuarenta hojas de triplay de tres cuartos. Ya está pagado.

—¡Nadie nos avisó nada! —gritó el gordito en dirección a la nuca de Omar.

—¿Será Aldana? —interrogó el más flaco.

Manuel olió la trampa y la eludió:

—No sé —dijo, desprendió de su portapapeles una factura con el logo de «Maderas Nopala» y se la tendió al más delgado—. ¿Quiere ver usted?

—No —sonrió el flaco—. No hay ningún Aldana. Pero el problema es...

—No se apure —dijo Manuel—. Si no puede recibir la mercancía, me la llevo de vuelta. Nomás que si la vuelven a pedir tendrán que pagar el flete de nuevo —y metió primera, listo para partir.

—Espere —dijo el guardia flaco—. El problema es que no tengo personal para subir cuarenta tablas al piso veintinueve. Si las cargan ustedes...

De la parte trasera del camión brotaron quejas y Manuel se mostró dudoso:

—¿Cabe el triplay en el elevador? Las hojas miden 1.22 por 2.44. ¿Caben?

—Quién sabe —dijo el flaco—, habrá que medir. Si no caben, subirán por la escalera: nomás son veintinueve pisos... Gordo, ábreles y que entren.

El gordito refunfuñó pero obedeció, a pesar de que al encaminarse a la puerta cochera pisó el chicle y se lo llevó pegado a la suela del zapato del pie derecho.

—No fue posible salvar al bebé —explicó el coronel Luciano Méndez—. Era una niña. Ahora están reanimando a Ofelia. Físicamente está bien, pero emocionalmente...

Pinky abrió la boca en redondo, como para decir «oh», pero no lo dijo.

A Roberta también le costó hablar:

—¿Y la presidenta? —preguntó, tragando con fuerza— ¿Ya le dijeron?

—Imposible. Está con sedantes, apenas consciente, tratando de volver a respirar por sí misma, entubada por la boca y la nariz. Tal vez mañana... No comenten esto con nadie, ni siquiera con los muchachos. Pueden ir a la cafetería, a tomar lo que quieran, siempre que sea café o té negro.

—Gracias, no —dijo Pinky—. Vamos a quedarnos con Ofelia.

Las chicas salieron y un minuto después chirrió un intercomunicador: afuera estaban Rendón y compañía. Méndez los hizo pasar.

—Misión cumplida —reportó el capitán y entregó al coronel un teléfono celular tan diminuto que parecía de juguete—, por aquí te hablarán los espíritus. Ahora, ¿puedo llevarme a estos niños a gozar de las delicias gastronómicas de la cafetería de la Cruz Roja, o prefieren la *haute cuisine* del Hospital Militar?

Esa tarde volvió a llover con fuerza, pero el gentío congregado ante las verjas del Hospital Militar sólo raleó cuando la lluvia se convirtió en granizo. Al mismo tiempo que se transmitía por radio y televisión, las bocinas alrededor del Hospital Militar difundieron un boletín médico que acabó ahogado por la metralla de hielo que impactaba en los paraguas, los árboles, los manteles de plástico desplegados sobre las cabezas. Pero los oyentes no perdieron gran cosa: el boletín sólo dijo que el estado de la paciente seguía estable.

También Ofelia seguía estable, aunque de esto nada se dijo públicamente. Aprovechando el apacible reposo de ambas pacientes, el padre y marido de una y otra, después de más de treinta horas velándolas, por fin obedeció la orden médica de irse a dormir.

Cuando el capitán Rendón al fin los dejó en libertad, Manuel partió con su escandaloso *buggy* a devolverlo al taller familiar y Omar y Fermín se dispusieron a regresar a la Barranca de Nopala a reportar que el triplay que les habían confiado había sido desviado a un uso estratégico que no se podía divulgar y que, por tanto, necesitaban reponerlo para cumplirle al cliente postergado.

Antes pasaron por el Cuartel Central, a ver cómo se las arreglaba el maestro Ordaz.

Ahí coincidieron con doña Licha, que minutos antes había llegado por su marido. A la señora se le iluminó el rostro cuando vio a los muchachos, en especial al menor:

—¡Querido Fermín! —lo saludó y, para horror del chico, le estampó un beso en la mejilla más cercana—. ¡En ti precisamente estaba yo pensando! Hay que subir esto a la red inmediatamente: ¡es una bomba! Pero...

Fermín había perfeccionado un programa de STT (*speech to text*, la transcripción automática de lo que se le dicta a la computadora) para facilitar la elaboración del boletín *Lo que vendrá* e incluso agregarle sonido, así los fanáticos podrían oír la inolvidable voz de Reyes Ordaz leyendo sus textos. Cuando al fin todos oyeron el nuevo artículo, los muchachos coincidieron con doña Licha: era una bomba. Pero...

—...pero me sabe a poco —se quejó la señora—. Lo que estos tipos pretenden es implantar una dictadura militar con apariencia legal y con la presidenta como mascarón de proa, como prisionera de la guardia pretoriana, como pelele... ¡Es indignante!

—¿De veras te indigna? —preguntó Ordaz apaciblemente.

—¡Mucho! —bramó la señora.

—¿Y a ustedes, muchachos? ¿También les resulta indignante? —preguntó el maestro, muy complacido.

—¡Mucho! ¡Muchísimo! —enfatizaron a coro.

—Excelente. Justo lo que busco. Corregí ese texto tres veces para depurarlo de todo atisbo de «santa indignación» de mi parte. Si el periodista escribe un editorial incendiario contra esto o lo otro, el público, que ya está escaldado de tanta llamarada de petate, no le cree: sospecha que el denunciante se ha vendido, que alguien le paga, que sirve a «oscuros intereses». En cambio, si presento los datos con fría objetividad, con indiferencia de entomólogo, mi frialdad ayuda a encender la indignación de la gente, tal como pasa con ustedes. Que es lo que queríamos demostrar... como se dice en los teoremas. Fermín, sube ese texto a la red, por favor. Si de veras es una bomba, va a estallar sin necesidad de cerillos.


Esa noche el comité barajaba las mismas dudas y cavilaciones que a la hora de la cena ocupaba a todos los comentaristas de radio y televisión y a unas decenas de millones de oyentes y televidentes de todo el país: el impresionante *spot* atribuido al Pacto de Durango, el elusivo comando supremo que pretendía haber delimitado territorios para evitar nuevas guerras entre los cárteles.

—Entonces, ¿fueron los narcos? —preguntó con voz de confesionario monseñor Zeta, sin fijar la vista en nadie para no dar la impresión de estar culpando a alguien.

—No —replicó el general Alfa con aire de satisfacción—. Fuimos nosotros. Los narcos no nos van a culpar por ayudarlos a hacer su trabajo sucio. Y si nos desmintieran, nadie les creería.

—No, nadie les creería —acordó el ministro Gamma con su habitual sonrisa desvaída.

—Y nosotros logramos el objetivo de mostrar a la presidenta y al mundo que aquí nadie puede gobernar sin nuestro apoyo activo... es decir, con las armas. Aunque ella exhiba su mascarón en la proa —remarcó Alfa.

—De acuerdo—se apresuró a concordar Gamma. Pero aún se atrevió a esbozar una duda—, la pregunta es, ¿algo tan espectacular, no resultará un poco... sobreactuado? ¿No parecerá...?

—En concreto —interrumpió con impaciencia el ingeniero Beta—, ¿era necesario complicar a tanta gente, levantar tanto revuelo? ¿Nadie va a oler el gato encerrado? ¿No nos va reventar el *bluff* en las narices, como en el póquer? ¿Qué tal si los apaches salen en la tele diciendo que fueron ellos los que se echaron a los cóndores, por órdenes superiores?

—Vamos por partes —replicó Alfa con fastidio—. Primero, había que... «sobreactuar», ministro. Ahora, el incidente está en las pantallas de televisión de todo el mundo y el gobierno no podrá echarle tierra, fingir que aquí no pasa nada. Y en cuanto a los apaches, ingeniero, no podrán decir nada. Explíqueles, coronel.

Épsilon parecía incómodo. Carraspeó ásperamente antes de hablar:

—Dos naves del escuadrón de apaches despegaron esta tarde sin órdenes ni autorización. Creemos que eran las mismas naves involucradas en el... —nuevo carraspeo— incidente de ayer con los cóndores. Estos desertores desoyeron todos los llamados y advertencias de la torre de control. La conclusión lógica fue que intentaban huir para poner sus naves al servicio de los narcos. De inmediato se pidió la colaboración de la Fuerza Aérea para interceptarlos y, como no obedecieron la orden de regresar a su base, fueron abatidos. Todos los desertores perecieron.

—Bueno, eso cierra el caso, ¿verdad? Parece no haber cabos sueltos... —dijo con alivio el ministro Gamma, listo a dar por terminada la sesión.

—*Last, but not least* —intercaló en tono cosmopolita el almirante Delta, atusándose el bigotillo de gato—. Inteligencia naval me dice que nuestro amigo Épsilon estuvo ayer en el Hospital Militar, en la guarida de Luciano Méndez. Seguramente esperaba su turno para informarnos... ¿Verdad, coronel?

Épsilon tragó saliva, por un instante con la mente en blanco, pero Alfa acudió al rescate: se echó atrás en la silla, se palmeó el vientre alegremente, como después de una comilona y lanzó una abrupta carcajada:

—¡Ja! ¡Se lo dije, coronel! ¡La Marina ve por debajo del agua! Ya que lo pescaron, cuénteles la charla con su viejo camarada.

El general parecía divertido, pero sus ojos seguían fríos. De todos modos su breve improvisación dio tiempo a Épsilon para reponerse y adoptar un aire de melancólica evocación:

—Sí, fuimos condiscípulos en la Escuela Superior de Guerra... Bueno, competíamos por el primer puesto de la clase y en las fiestas competíamos por las chicas más bonitas. ¡Éramos muy jóvenes!

—Entendemos: todos fuimos jóvenes, alguna vez... —dijo el almirante en tono de paternal complacencia, como jugando con un ratoncito—. ¿Sólo se entrevistaron para evocar los buenos viejos tiempos, verdad?

—No sólo eso, señor. Méndez me invitó para sondearme. Me propuso sumarme a su grupo, el círculo que han formado para proteger a la presidenta.

—La guardia pretoriana —contribuyó el general Alfa, para simular que estaba al tanto de las andanzas de su subordinado.

Monseñor Zeta había seguido el intercambio de soslayo, sin creer ni dejar de creer:

—Qué interesante —terció al fin, con la mirada en sus propias manos cruzadas sobre la mesa—. ¿Y usted qué respondió, coronel?

Épsilon comprendió que nadie le creía, pero repentinamente vio la salida y no vaciló:

—Pues le dije que lo consultaría con mis superiores. El asunto está a consideración de mi general Alfa, y yo espero sus instrucciones.

«*Bullshit*», pensó en *spanglish* el almirante Delta, con secreta admiración ante la agilidad con que le mentían.

—Por supuesto, ustedes nos informarán oportunamente, ¿verdad, Alfa? ¿Tal vez no sería mala idea meterles un caballo de Troya, no cree usted?

El general volvió a palmearse la barriga, con el mismo aire complacido y la mirada igualmente fría:

—En eso estoy pensando. Le dije al coronel que nos quedaríamos un rato después de la junta, para discutir los detalles aquí, en un recinto seguro.

El ministro Gamma vio su oportunidad para ponerse al margen de los escarceos entre Ejército y Marina:

—De acuerdo —dijo poniéndose de pie—. Dejemos a nuestros soldados planificar sus movidas, digo, movimientos.

Zeta y Beta también se incorporaron y se dirigieron a la puerta. Delta se encogió de hombros y los imitó. Desde la puerta Beta se volvió brevemente, con mirada de anfitrión forzado a dejar la casa al cuidado de extraños:

—El último apaga la luz —dijo el ingeniero antes de salir.

Cuando quedaron solos y oyeron que el elevador descendía, Alfa se enderezó y plantó con fuerza las grandes manos sobre la mesa:

—Ahora, coronel, dígame la verdad —ordenó secamente.


Escuchando por tercera vez la grabación de la sesión del comité, el coronel Méndez pensó que era como una buena radionovela, de aquellas que antes transmitía Radio UNAM. Por los tonos, el timbre, el énfasis, el ritmo, el vocabulario, podía imaginar el rostro e incluso el color de cada hablante. Al que llamaban Beta lo «veía» enjuto, vestido de gris y con ese tipo de barba que aun recién rasurada se trasluce bajo la tensa epidermis. No creía conocerlo. A Gamma lo imaginaba como a un escolar gordito, de esos que hacen payasadas para congraciarse con los rudos del salón. Creía haberlo visto alguna vez en una de esas mesas redondas que la televisión transmite en horario para desvelados. ¿Y a Zeta? No lo conocía, pero lo imaginaba casi invisible, con finos dedos de ladrón de limosnas en las iglesias.

El coronel no necesitaba imaginar a Épsilon y Alfa, porque los conocía en carne y hueso desde años atrás.

—Cabrones —dijo suavemente y Rendón, que también los conocía, asintió en silencio.

Épsilon no mencionó la delación de Máximo, para no tener que admitir que él mismo, por desaprensión o indiferencia, había provocado la traición. En cambio se mantuvo firme en la versión de que Méndez trataba de reclutarlo y aguantó estoicamente el regaño de Alfa:

—No vuelva a dar un solo paso sin consultarme: ni para ir al escusado —ladró el general, a quien la posibilidad de introducir un caballo de Troya en el círculo de hierro de la presidenta le endulzaba el ánimo, como si la idea hubiera sido suya—, téngame al tanto minuto a minuto. ¿Entendido?

—Sí, mi general —respondió Épsilon con voz de cadete en penitencia.

Y ahí terminaba la grabación.

—Puede ser útil tener un agente doble —pensó Rendón en voz alta—. Siempre podremos confrontar sus cuentos con lo verdaderamente tratado por el comité.

—Mientras nos dure el micrófono que ustedes metieron bajo la alfombra —dijo Méndez—. Además, no hay riesgo de que el espía nos arranque algún secreto, porque no sabemos qué se propone la presidenta.

—Mientras no se nos muera... —empezó a decir el capitán Rendón, pero frenó en seco porque se abrió la puerta e irrumpió la única persona que podía entrar sin anunciarse a la oficinita de Méndez: el esposo de la presidenta.

El hombre se veía maltrecho pero resplandeciente.

—Están mejor —dijo, ronco pero alegre—. Ofelia ya sabe que perdió al bebé. La dejé un momento con Roberta y Pinky, que la cuidan como a una hermanita menor. Ofelia está rezando, por el bebé y por su mamá.

Rendón no se contuvo:

—¿Y la presidenta?

—No puede hablar con esos tubos en la boca, pero recuperó la conciencia. Hasta lee la mente: por señas me pidió papel y lápiz y escribió una sola palabra: «¿Ofelia?». Tuve que contarle lo del bebé.

—¿Cómo lo tomó? —preguntó Luciano Méndez.

—Cerró los ojos para llorar —dijo el esposo de la presidenta—. Nunca la he visto llorar con los ojos abiertos. Los cierra y las lágrimas se le escurren bajo las pestañas, en total silencio.

## 9 En vivo y en directo

Las buenas noticias que a media mañana inundaron la ciudad despabilaron al gentío aglomerado ante las verjas del Hospital Militar.

—Esto parece una colmena que se despierta y agita cuando le pega el sol —perifoneó en un arrebato poético el reportero con voz de chachalaca—. Todavía no hay confirmación oficial, pero aquí todos dan por sentado que la presidenta ya está fuera de peligro y muchas personas, viejos y jóvenes, hombres y mujeres, se abrazan y palmotean, como si quisieran bailar. ¡Siga con nosotros para mantenerse al tanto de todo lo que suceda *Hoy y aquí*...!

En su escondrijo del Cuartel Central, el maestro Ordaz se había divertido media mañana escuchando, sin contestar, los zalameros mensajes dejados en la contestadora por reporteros y comentócratas que, a falta de información dura, se conformaban con repetir fragmentos del artículo registrado de viva voz por Ordaz en su boletín electrónico. Pero lo que ahora pasaba a las puertas del Hospital Militar era aún más interesante desde un punto de vista sociológico, se dijo el maestro: dejó de lado la contestadora, enmudeció el televisor (para no oír al reportero chachalaca) y se concentró en el radio.


El comité no tenía preocupaciones sociológicas. En estrecho círculo en torno de una *laptop*, escucharon tres veces el artículo de Reyes Ordaz en voz del autor y luego ocuparon sus lugares alrededor de la gran mesa: el almirante Delta se atusaba el ralo bigote, monseñor Zeta miraba para otro lado, el coronel Épsilon procuraba mimetizarse, el general Alfa cuadraba los hombros dentro de un saco de corte deportivo que le quedaba chico y el ministro Gamma miraba a uno y otro, esperando que alguien dijera algo con lo cual coincidir. Nadie se precipitó a opinar.

—¿Qué pasa? —se impacientó el ingeniero Beta, cuya tez hoy se veía más cetrina que gris—. Ustedes son los estrategas: ¿nadie va a hablar?

—Buen artículo —opinó el ministro Gamma, tratando de ver el lado bueno—. Me pregunto quién filtraría ese documento.

—Perdón, pero ésa no es la cuestión. La pregunta es si la divulgación de ese proyecto nos perjudica o nos beneficia —dijo el almirante Delta.

—Exactamente —concedió Gamma—. Ese proyecto de ¿cómo lo llaman? ¿REGI?, parece jurídicamente bien estructurado. Claro, si lo consultaron con la corte... Lo que me extraña es no haber visto antes ese documento. No llegó a mi sala mientras yo estuve ahí, lo puedo asegurar. Tal vez sólo se lo mostraron al presidente...

—Tal vez sus colegas no confiaban en usted —refunfuñó Beta.

—Eso no importa —cortó el general Alfa—. Lo que está claro es que el Estado Mayor Conjunto está preparando la base legal para copar el poder tan pronto como esa pobre mujer asuma la presidencia.

—Si sobrevive —murmuró monseñor Zeta, mirándose las uñas.

—Si la pobre señora falleciera o quedara incapacitada se plantearía un apasionante caso jurídico —terció Gamma con genuino interés—. ¿Se debería prolongar el mandato del actual presidente? ¿Habría que llamar a elecciones de inmediato o primero formar un gobierno provisional? En el intervalo, ¿quién asumiría el poder ejecutivo: una comisión del congreso o la Suprema Corte?

—No se haga ilusiones, ministro —dijo Alfa, con gesto de barrer migajas de la mesa—, los que pretenden copar el poder y dejarnos a nosotros vestidos y alborotados como novias de pueblo son los zánganos del Estado Mayor Conjunto. Ese REGI es el programa de un golpe de Estado.

—Entonces, asumirían el poder ellos, no nosotros —dijo cavilosamente el almirante Delta—. Pero este destape de su *road map*, digo, su hoja de ruta, puede romperles la agenda. La tormenta mediática va a ser escandalosa, no sólo aquí sino en la prensa extranjera. Esta filtración... ¿quién tuvo la brillante idea?

El general Alfa atrapó la oportunidad en pleno vuelo:

—Bueno, nuestra división de Inteligencia nunca duerme. ¿Verdad, coronel?

Épsilon trató de sonreír sólo con la mitad de la boca y produjo un gesto raro, como si le doliera una muela:

—A veces basta con observar sin meter los dedos en el filo de la puerta, mi general.

—Bien dicho. La verdad —concedió Alfa con repentina magnanimidad— es que no podían conservar un secreto compartido por tanta gente: cuando los papeles pasan de mano en mano, las filtraciones son inevitables...

—Entonces —resumió el ingeniero Beta, tan complacido que parecía tentado a sonreír—, estos señores se balconearon solos y la prensa nacional y extranjera se ocupará de colgarlos. Qué bueno.

—No la prensa. Los linchadores van a salir de esa chusma congregada ante el Hospital Militar. Como enseña la historia —acotó el almirante Delta—, basta con distribuir teas y reatas y lavarse las manos, como hizo Pilatos con la chusma judía.

Méndez se quitó los auriculares y cruzó las manos sobre el pecho, no para rezar sino para girar los pulgares en un sentido y luego en el contrario.

—¿Tú crees que fueron ellos los que le filtraron ese documento a Reyes Ordaz? —preguntó con incredulidad el capitán Javier Rendón. Se habían encerrado en la oficinita de Luciano Méndez a tomar café y escuchar la sesión del comité, pero no habían tocado el café, ya frío en los vasos de plástico.

—Por supuesto que no. Pero el Estado Mayor Conjunto sí lo va a creer y estos desgraciados van a terminar en la crujía más negra del penal militar más tenebroso. Al menos, eso deseo. Pero no lo creo.

—Yo tampoco. Además, los dinosaurios del Estado Mayor Conjunto tampoco son de nuestra devoción, ¿verdad?

—Verdad —dijo Méndez sin dejar de girar los pulgares—. Pero recuerda lo que te enseñaron en la Escuela Superior de Guerra: deja que tus enemigos primero se enfrenten entre sí mientras te preparas para después enfrentar al maltrecho ganador. Llévale todas las grabaciones, el celular y toda la información a quien tú sabes y deja el asunto en sus manos. Yo tengo que hablar con Reyes Ordaz.

Reyes Ordaz no se despegaba de la radio.

—¡...piezan a llegar grupos de mariachis —decía el reportero de esta radioemisora, igual de gritón pero de timbre menos hiriente— porque a alguien se le ocurrió traerle gallo para reanimar a la presidenta! ¡Y atrás de los mariachis vienen vendedores de cohetones y cornetas de plástico! ¡Y oigan ustedes, señoras y señores, este plantón que anoche parecía velatorio de angelito se está volviendo un carnaval...!

«Tanta alegría», se dijo Reyes Ordaz, «debe de poner al borde del derrame biliar a los políticos que van de salida, ardidos por la popularidad de esta nueva estrella política brotada de la nada.

Los comentócratas deberían seguir el ejemplo del Estado Mayor Conjunto y encuestar en vez de conjeturar», se dijo el maestro. «Incógnitas a dilucidar: ¿en qué o en quién cree esta gente: en la presidenta o en los milagros? ¿Qué esperan de una Dama Esperanza que nunca prometió nada, excepto ganar una guerra imposible de ganar? ¿Qué esperan de alguien que sólo pregunta y nunca dice qué piensa...?». Él podía aprovechar el hueco que le brindaban columnistas y comentaristas, se dijo, y sin despegar medio cerebro de la radio, con la otra mitad empezó a redactar párrafos para una nueva entrega de Lo que vendrá.

El jolgorio alrededor del Hospital Militar no iba a durar todo el día. El primero en ver el negocio fue un oscuro empresario de autobuses escolares, pronto imitado por decenas de choferes de autobuses, microbuses, taxistas y aun de camionetas de redilas, que a partir del mediodía se dedicaron a transportar a la Basílica de Guadalupe a racimos de alegres devotos deseosos de dar gracias anticipadas a la Virgen por la probable salvación de la presidenta. En unas cuantas horas, en las banquetas del Hospital Militar sólo quedó la basura regada por los vendedores ambulantes.

Cerca del mediodía, Manuel, Omar y Fermín, relevados de su guardia en la Cruz Roja, llegaron al Cuartel Central descansados, bañados, peinados y con noticias frescas.

Reportaron que, aunque los médicos se negaban a cantar victoria, era un hecho que la presidenta evolucionaba promisoriamente: ya respiraba sin ayuda y se preveía retirarle al día siguiente los tubos y sondas que le impedían hablar. Pinky y Roberta seguirían unos días en el Hospital Militar, acompañando a la deprimida hija de la presidenta. En cambio, no se dijo palabra de la muerte del bebé de Ofelia, un hecho que la familia aún guardaba en reserva. Lo que se confirmaba era que el tumor presidencial sí había sido maligno; pero los especialistas todavía no decidían si la paciente tendría que someterse a radio y quimioterapia, tratamiento que podía impedirle asumir la presidencia el primero de diciembre:

—La moneda sigue en el aire —sintetizó Omar.

Fermín había corrido a revisar el correo electrónico y regresó con un manojo de papeles:

—Este mensaje dice que usted es el Walter Cronkite mexicano, maestro. ¿Quién era Cronkite?

—Un gran chingón —dijo Omar—. Lo leí en una *Popular Mechanics* que le robé a Manuel.

—No confundas al muchacho —regañó Ordaz—. Fue un gran periodista, Fermín. Yo nunca le llegué ni... ni a la rodilla.

En ese momento volvió a sonar el teléfono y Reyes Ordaz oprimió un botón para disfrutar del mensaje que seguramente dejarían en la contestadora. Resultó más divertido de lo esperado: un productor de televisión proponía montar un *reality show* para mostrar a Ordaz y sus discípulos en plena acción, sustrayendo documentos secretos de las más herméticas oficinas del gobierno.

La siguiente llamada fue de Luciano Méndez y esta vez el maestro levantó el auricular:

—¡Coronel! ¡Qué gusto oírlo! Sospecho que me habla para preguntarme...

—No, maestro —abrevió Méndez—. Nomás le hablo para avisarle que aquí lo esperan nuestros oftalmólogos, para estudiar su caso. ¿Cuándo puede venir?

—Pues... Ahora mismo, si le parece.

—Aquí lo esperamos —dijo Méndez y cortó.

—Tipo cortante —resopló Ordaz—. Pero yo sé lo que quiere. Fermín, por favor, imprime una copia del proyecto completo del REGI, para obsequiársela al coronel.

—Mi familia está en crisis —dijo Ofelia—. Mi mamá nunca quiso meterse en política, pero dice que está obligada a ser presidenta para sacar a este país de la guerra. Y está obligada a vivir en Los Pinos, ese lugar horrible.

Por orden de los médicos, Ofelia debía caminar ida y vuelta por un largo corredor que al menos tenía ventanas que daban a los jardines. Tal como les habían enseñado en la Cruz Roja, Roberta y Pinky dejaban que la paciente, en vez de sentirse inválida, jalara por sí misma de la especie de perchero con rueditas del cual colgaban los recipientes de suero conectados a una arteria del brazo izquierdo de la jovencita.

—¿Horrible? —objetó Roberta—. Nosotras fuimos una vez con la escuela y hasta nos saludó la Primera Dama. Los salones para juntas y ceremonias son impresionantes, adornados con retratos de próceres, todos feos, como antepasados estreñidos... A lo mejor tu mamá puede cambiarlos por rockeros y deportistas, más saludables.

Ofelia y Pinky no pudieron evitar la risa.

—Seriamente —aportó Pinky—, los jardines son enormes y tienen alberca y canchas de tenis. Hasta caballos deben de tener. Y algunos oficiales del Estado Mayor Presidencial se ven muy guapos.

—Así ha de ser —aceptó Ofelia, de nuevo seria—, pero yo imagino las recámaras sucias... sobadas... como queda un pañuelo que tuviste en el puño mientras veías una película de miedo. ¡Ahí durmieron tantos ladrones, tantas ratas! ¿Saben ustedes dónde durmió Maximiliano su primera noche en Palacio Nacional? ¡En una mesa de billar, porque las camas eran un asco! Y así y todo lo picotearon las chinches: lo leí en una revista.

—Primero, el picoteado por chinches no fue Maximiliano sino Benito Juárez. ¡Y ya no veas películas de vampiros, amiguita! —se burló Roberta—. Te informo que al comienzo de cada sexenio vuelven a decorar completamente la residencia, con alfombras nuevas, cortinas nuevas, camas nuevas, colchones nuevos y sábanas nuevas. Todo muy fino y caro, por supuesto: total, el pueblo paga.

Llegaron al extremo del corredor y giraron lentamente, para regresar. Ahí Ofelia halló nuevos peros:

—Pero mi papá dice que él no se va a resignar al papel de príncipe consorte, de «primer damo». Además, no puede abandonar a sus pacientes y yo no puedo abandonar a mis caballos. Ya perdí a mi hijo. ¿Voy a perderlo todo? Les digo: mi familia está en crisis.

—Al menos tienes familia —rezongó Pinky—. Nosotras, no.

Por las ventanas vieron que el cielo se encapotaba y unas ráfagas movían el follaje. El corredor perdió luz y calor, y Ofelia, vestida sólo con su bata de hospital, sintió frío.

—Mi mamá va a culparme por la pérdida del bebé —dijo en voz muy baja—. Me advirtieron que no debía montar, que era peligroso. Aunque ella no me diga nada...

—No te va a decir nada porque tiene la boca llena de sondas y tubos. Pero verte de pie le va a ayudar a recuperarse: le va a levantar la moral —dijo Roberta en tono firme—. Pero no ahora, porque ya estás cansada y con frío. No debe verte con esa cara.

—A la cama, amiguita —ordenó Pinky.


Los muchachos llevaron a Reyes Ordaz al Hospital Militar, avisaron a la señora Licha que después de su turno de trabajo pasara por ahí a recoger al maestro y partieron a entregar a Erasmo un *e-mail* de Giuliani, rotulado «urgente».

—Dos renglones para darle el pésame por el deceso del muerto y veinte renglones para preguntar por el libro del difunto —comentó Fermín.

—Y se supone que tú no debes leer la correspondencia ajena —regañó Omar.

—Qué quieres —replicó el muchacho—. Así somos los carteros, cínicos y chismosos.

El coronel Méndez agradeció sin comentarios la voluminosa copia del proyecto de REGI y de inmediato puso a Reyes Ordaz en manos de los oftalmólogos.

El interrogatorio clínico y el examen tomaron horas. Ordaz salió más ciego que nunca a causa de las gotas que le aplicaron para dilatarle las pupilas, los profundos destellos a que lo sometieron para fotografiarle las retinas y la resaca de los brebajes que le administraron para intensificar el contraste y nitidez de las fotografías. Pero Ordaz lo tomaba con parsimonia porque ya había sido sometido a igual tormento varias veces y, comparado con las inyecciones en la retina, estos exámenes eran una molestia menor.

Después del examen lo sentaron a descansar en una salita en penumbra que él, espiando por las hendijas entre los párpados, veía como sumida en niebla roja con resplandores violáceos. Para pensar en otra cosa, Ordaz cerró totalmente los ojos y empezó a imaginar el diálogo que seguramente tendría al rato con el coronel Méndez acerca del proyecto de REGI.

«En su artículo usted no opina, sólo informa —diría el coronel—. El caso es que no tenemos una ley para regular la guerra interna, pero sí tenemos la guerra. ¿No sería prudente ajustar las leyes a la realidad?».

«Buen punto —pensó Ordaz—. ¿Cómo rebatirlo? Bueno, yo podría argüir: "Depende de la clase de guerra, mi coronel. Si concebimos la guerra con mentalidad militar, es decir, como el orden 'normal' de las cosas, sólo interrumpido a veces por períodos de paz que nos permiten rehacernos y prepararnos para la próxima masacre, entonces sí sería 'prudente' reformar no sólo las leyes secundarias sino también la Constitución, la forma de gobierno y el organigrama del Estado para adaptarnos a la guerra perpetua. Pero esta guerra no es para siempre: es una catástrofe transitoria, como una epidemia, una inundación, un terremoto. En estas emergencias el ejército debe salir a las calles para vacunar a la gente, socorrer a los damnificados y atrapar a los saqueadores... no para asumir el gobierno".

»¿Qué podría Méndez replicar? Me parece oírlo: "El ejército ya está en las calles, en todo el país. La gente pide la protección del ejército, no de la policía, porque no confían en la policía... ni en el gobierno. Si el ejército no pone más efectivos en acción es porque no los tiene. Pero el gobierno, el Estado, las leyes, no nos dan más recursos. No podemos ganar la guerra con una mano amarrada a la espalda y dirigidos por políticos vendidos al enemigo".

»Si no tiene razón, sí tiene razones —pensó Ordaz—. Pero está ignorando la mitad del problema».

—El ejército tampoco está vacunado contra la corrupción, mi coronel. ¿Cuántos generales estuvieron, aún están o podrían caer bajo el dominio de los cárteles? ¿Cuántos elementos perfectamente entrenados por ustedes en unidades de elite desertaron estos años para ponerse al servicio de los cárteles, que les pagan diez veces más?

—Demasiados. No puedo darle cifras, porque es información clasificada —dijo Méndez. Sólo entonces descubrió Ordaz que el coronel se le había reunido un rato antes en aquella penumbra rojiza y que no había estado discutiendo consigo mismo en silencio sino en voz alta y con Méndez de carne y hueso. El coronel sólo era una sombra morada en la niebla rojiza, pero seguía hablando—. El dinero no es lo único que atrae a los desertores. Igual de venenosa es la sensación de sentirse traicionado. ¿Sabe cómo se siente el militar abandonado, desprotegido, ninguneado? Como el marido cornudo: tal vez no tiene pruebas de la traición, pero siente que se ríen a sus espaldas. Se siente idiota.

«Demoledor», pensó Ordaz. «Sólo puedo contestarle con un golpe bajo»

—¿Tampoco confía usted en la presidenta, su amiga de tantos años?

—En ella sí —contestó el coronel sin vacilar—, pero no es *Superwoman*. Tenemos que blindarla, protegerla de los políticos, la burocracia, las mafias... Lo que ustedes en los medios llaman poderes fácticos. Debemos dotarla de un mecanismo de reacción inmediata para vigilar que sus órdenes se cumplan al pie de la letra, sin excusas, sin dilaciones.

—Como en el ejército —reflexionó Ordaz—. Es decir: usted no es partidario de instaurar una dictadura militar, sino de convertir en dictadora a la presidenta. La pregunta es: ¿ella está de acuerdo? ¿Quiere ser dictadora con brazos de hierro?

—No sé —dijo sombríamente el coronel—. La verdad, no lo sé.

Reyes Ordaz se incorporó y abrió los ojos. Veía tan mal como siempre, pero al menos la niebla roja se había esfumado. Oprimió un botoncito en su reloj parlante y la chinita dijo que eran las quince horas con cuarenta y ocho minutos.

—¿Todavía no llegan por mí? Detesto ser tan dependiente.

—Perdone —dijo Méndez, sacudiendo la cabeza para ahuyentar visiones—, olvidé decirle que su esposa lo espera en la cafetería.

Antes de emprender el camino a Santa María Jiloma fueron a comer porque, dijo Ordaz, los tormentos oftalmológicos le abrían el apetito. Eligieron un pequeño restaurante italiano de la colonia Condesa porque ese día la señora Licha tenía antojo de *spaghetti a la putanesca*, una invención napolitana.


Aunque la presidenta aún no podía hablar, con elocuentes señas mandó comunicar a sus colaboradores más cercanos que ya podían retomar la rutina de informarle todas las tardes, entre seis y ocho de la noche, de los asuntos que ella debía conocer.

La mandataria no sólo parecía muy despierta sino que había adoptado su propio lenguaje digital para dialogar con sus interlocutores: por ejemplo, girar la mano derecha en el sentido de las agujas del reloj para decir «siga adelante», o en sentido contrario para ordenar «Repita lo anterior»; extender los dedos en abanico para decir «No se entiende», o hacer un círculo uniendo las yemas de índice y pulgar para denotar aprobación, «Muy bien, diez». Al coronel Méndez le tocó esa tarde cerrar el desfile, con las noticias más densas y las explicaciones más difíciles.

Primero explicó que los Doce del Patíbulo no habían tratado de fugarse sino que habían sido sacados del reclusorio de Milpa Alta con documentación falsa por policías verdaderos en helicópteros del escuadrón de cóndores, los cuales no se habían desplomado por accidente: habían sido emboscados y abatidos por naves militares.

Mientras hablaba, viendo los muy abiertos ojos color miel de la presidenta, tuvo la sensación de estar contándole una historia truculenta para inspirarle pesadillas.

Pero venció la tentación de ahorrarle detalles y a continuación narró que dos de los condenados a morir en los helicópteros policiacos habían logrado sobrevivir, arrojándose al vacío segundos antes de la explosión de su nave; y que habían captado con un teléfono celular imágenes que documentaban la emboscada militar.

Con declaraciones de estos sobrevivientes, había sido posible ubicar el búnker de los conspiradores, plantarles un micrófono y obtener detalles del complot. Estos conspiradores resultaron ser los responsables de interferir las transmisiones ordinarias de televisión con un *spot* que atribuía al llamado Pacto de Durango el atentado contra los cóndores. ¿Para qué? Para demostrar al mundo (en especial a los Estados Unidos, aprovechando que a esas horas la secretaria de Estado visitaba a la presidenta) la ingobernabilidad de este país y la necesidad de que ellos mismos, los complotados, asumieran el poder con la presidenta como mascarón de proa... si ella lograba sobrevivir.

Lo bueno de lo malo era que las pruebas contra los conspiradores ya habían sido proporcionadas a la procuraduría militar. Esa misma noche o a más tardar la mañana siguiente, esperaba

Méndez, los complotados serían arrestados: a los militares se les sometería a una corte marcial, en tanto que los civiles serían «retirados de circulación» hasta que la presidenta asumiera el poder y decidiera qué hacer con ellos.

Cuando terminó de hablar, Méndez permaneció ahí cerca, parado en posición de descanso, con las manos tomadas a la espalda, los pies separados un paso y en silencio, esperando instrucciones. Por un minuto, mientras desmenuzaba mentalmente lo que acababa de oír, la presidenta no hizo gesto alguno. Después juntó las yemas de índice y pulgar de la mano derecha, en señal de «Muy bien, diez». A continuación indicó a Méndez que ocupara una silla cercana, empuñó el control remoto y encendió el televisor. Enseguida encontró malas noticias.

—...toridades civiles y militares no nos permiten sobrevolar la zona de combate, pero desde esta posición en la terraza de la sede de un corporativo, el edificio más alto de este rumbo, podemos ver las explosiones y escuchar las detonaciones de armas de todos los calibres... —decía un reportero de voz acelerada.

—¡Un momento, por favor! —interrumpió el conductor del noticiario—. ¡Nuevamente tenemos en la línea al director de Comunicación del gobierno de Nuevo León! ¡Perdone la interrupción, licenciado! ¿Me oye ahora?

—Perfectamente. Como le decía, en la madrugada de hoy, mediante un operativo conjunto de fuerzas federales y estatales, se logró la detención de tres integrantes del comando que en ocasión del tercer informe del señor gobernador irrumpieron en el recinto del poder legislativo y asesinaron a funcionarios de primer nivel ante las cámaras de la televisión nacional y para horror...

—¿Y qué pasó, licenciado? ¿Qué pasó con los detenidos...?

—A eso voy, joven. No me apure si me quiere sacar bueno. Como le decía, los tres detenidos, que responden a los nombres de...

—Sí, licenciado. Tenemos los nombres. ¿Qué pasó con ellos?

—Pues, por la seguridad de ellos mismos y del público en general, principal preocupación de los poderes del Estado...

—Si, licenciado. ¿A dónde fueron conducidos los detenidos?

—A la instalación militar más cercana, que en este caso es la de...

—¡Atención, México! —interrumpió el reportero situado cerca del lugar de los hechos—. ¡En este momento oímos fuertes, muy fuertes explosiones en la instalación militar que está bajo ataque! ¡Aquí nos dicen que al parecer los atacantes lograron volar el polvorín! Unos vecinos, familiares de militares alojados en ese cuartel, habían logrado comunicarse por teléfono celular, pero ya se cortaron las conexiones. ¡La nube de humo que cubre esas instalaciones se hace cada vez más densa! ¡Y ahora... ahora... vemos... sí, señoras y señores, dos, no, tres helicópteros militares que seguramente llegan para reforzar a los defensores y perseguir a los atacantes...!

—¿Bueno? ¿Bueno? —trató de interrumpir el director de Comunicación del estado de Nuevo León—. ¿Se cortó la comunicación?

—No, pero por favor no interrumpa, licenciado. ¡Adelante... reportero! ¡Estás al aire!

—¡Soy Germán Garza Cuitiño, compañero! ¡Aquí Germán Garza Cuitiño, desde el lugar de los hechos! ¡Como les decía, ahora vemos que de los helicópteros disparan contra los atacantes, pero la visibilidad debe de ser muy mala, por la densa humareda! Ahora se ven destellos de luz en medio del humo... como rayos o relámpagos... ¡No, señor! ¡No son rayos, son cohetes! ¡Son misiles tierra-aire! ¡No puedo creer lo que estoy viendo, señoras y señores! ¡Uno de los cohetes disparados desde tierra hace blanco en uno de los helicópteros, que estalla y se deshace en el aire! ¿Oyen ustedes el estruendo, la explosión? ¡Y otro cohete! ¡Pero el segundo helicóptero logra esquivarlo... no, no lo logra! ¡El misil impacta en el rotor de cola y el helicóptero gira fuera de control, cae como piedra, se hunde en la nube de humo que cubre el terreno... se estrella en el suelo...! ¿Oyen ustedes la sorda explosión? ¡Aquí, en lo alto de esta terraza desde la cual estamos transmitiendo, nos azotan las ráfagas de aire caliente, de gases de las explosiones! ¡Otro disparo! ¡Otro misil! ¡Pero el tercer helicóptero ya se aleja, se retira del combate y el cohete se pierde en el cielo...!

—Es un completo desastre —dijo el marido de la presidenta. Había ido a ver y acompañar un rato a su hija y ahora regresaba junto a su esposa. Méndez y la presidenta estaban tan absortos en la televisión que no lo habían oído entrar.

—¿Qué pasa, Luciano? ¿Qué está pasando?

—Que estamos perdiendo la guerra —contesto Méndez con voz ahogada.

# 10 Fiat Lux

Esa noche las noticias de Monterrey desvelaron a muchas personas. La presidenta sí durmió porque le administraron un somnífero para obligarla a descansar unas horas antes de despertarla al amanecer para quitarle sondas y tubos de la boca, controlar su respiración y permitirle hablar. Lo primero que dijo, roncamente, fue:

—¿Ofelia?

Ofelia ya iba en camino, siempre escoltada por Pinky y Roberta. Las escuderas hicieron ademán de quedarse en el pasillo para permitir a madre e hija hablar a solas, pero Ofelia las hizo entrar.

La presidenta ya estaba de pie junto a la ventana: gracias a una nueva técnica quirúrgica, el tumor de la Dama Esperanza había sido extirpado sin necesidad de abrirle el pecho, sino mediante una sonda introducida en el tórax por un orificio del diámetro de una moneda, ahora cubierto con un apósito. Sin embargo, los abrazos entre madre e hija quedarían para otro día porque sus maltratados cuerpos aún no estaban para apretujones. En cambio se tomaron de las manos y permanecieron un rato en silencio, mirándose profundamente. Eran de la misma estatura e idéntico color de ojos y cabello.

«Qué parecidas son —pensó Pinky—. Con esos ojos, nadie puede negarles nada».

Roberta se concentró en Ofelia: «Tiene razón, no es bonita. Pero es enternecedora».


El coronel Luciano Méndez, el capitán Javier Rendón y el esposo de la presidenta sólo habían dormido a brincos y de pie, como soldados de guardia, y el café les sabía a quemado. Pero la cafetería del hospital estaba inundada de sol y el pan tostado untado con mantequilla crepitaba al morderlo, lo que les resultaba reconfortante.

En cambio las noticias eran malas:

—Entre muertos y heridos el ejército tuvo cuarenta y ocho bajas, incluyendo a las tripulaciones de los helicópteros que se perdieron. Además cinco soldados al parecer huyeron del combate... es decir, desertaron —informó Rendón, releyendo sus notas en una libretita—. Ellos tuvieron seis muertos y sólo perdieron uno de sus blindados.

—¿Blindados? —preguntó el marido de la presidenta, derramando en el mantel unas gotas de café hirviendo—. ¿Tienen blindados?

—No tienen tanques —explicó Méndez—, pero sacaron a relucir media docena de camionetas blindadas, como las que usan los servicios de transporte de valores. Muy efectivas contra infantería desprovista de armas antitanque.

Rendón, que había estado horas en contacto con los servicios de inteligencia, empuñó su libretita para trazarles una primera autopsia de lo sucedido.

—Ellos sí tienen armas antitanque: bazucas, anticuados pero confiables.

En una hoja de su libreta el capitán les dibujó un pequeño mapa del cuartel atacado y los caminos aledaños. Los sicarios habían usado morteros, al parecer montados en camionetas *pickup* de suspensión reforzada, para iniciar el ataque desde brechas de terracería a los flancos del pequeño campo militar, con tan buena fortuna («o buena inteligencia», acotó Méndez) que hicieron blanco en la cafetería de los oficiales y la cabina de comunicaciones, con lo cual dejaron al comandante limitado a su celular para pedir refuerzos. Sin embargo, sólo era un amago «diversionista»: tan pronto como los defensores acudieron a los lugares de donde provenían los disparos de mortero, el acceso principal del cuartel —un gran portalón de hierro— fue derribado a bazucazos y por ahí penetraron las camionetas blindadas, que habían estado ocultas en un bosquecillo cercano.

—Fue un alarde, un insulto —explicó Rendón—, porque podían entrar por cualquier costado. Ese cuartel tenía una defensa perimetral muy débil: una cerca de malla ciclónica y alambre de púas que no detenía ni a las vacas.

Pero las instalaciones interiores, agregó el capitán, eran más sólidas, en especial el arsenal y polvorín, de concreto reforzado; sin embargo, cuando mataron o hirieron a la mayoría de los defensores, tuvieron tiempo sobrado para abrir boquetes en los muros de concreto y meter cargas explosivas.

—¿Y los helicópteros? —preguntó el esposo de la presidenta.

—Los llamó por celular el comandante del campo, unos minutos antes de morir —respondió el capitán.

—¿Ya se sabe qué misiles usaron? —preguntó Méndez.

—Stinger FIM92. Vienen de finales de los setenta, pero todavía se usan en todo el mundo. Son los preferidos de los terroristas: cuestan menos de cuarenta mil dólares cada uno.

—¿Y los presos? ¿Se los llevaron? —preguntó el marido de la presidenta.

—No, los mataron. Parece que no querían liberarlos, sino castigar al ejército por haberlos atrapado.

Terminaron de escaldarse las lenguas con el café y cada quien partió a lo suyo: Rendón, al aeropuerto, a recoger a un visitante de alto nivel; Méndez, a rendir su informe matutino a la presidenta; y el marido de la mandataria, a ver por su hija.

En parte por costumbre y en parte por su garganta arañada, esta mañana la presidenta sólo hizo las preguntas indispensables y con tan pocas palabras que parecían mensajes de texto en el celular. Méndez le transmitió todo lo que hasta ese momento sabía de lo sucedido en Monterrey y la presidenta ordenó disponer lo necesario para, esa misma mañana, videograbar con todo y su voz lastimada, sin maquillaje y en bata de hospital, un mensaje de pésame y consuelo para los deudos de los militares caídos, prometiéndoles acabar con esa guerra tan pronto como asumiera la presidencia. El coronel pensó que era una promesa imprudente, pero no lo dijo.

A continuación la presidenta preguntó por el comité, y Méndez informó que los seis fueron discretamente investigados por la Procuraduría de Justicia Militar, sólo para descubrir que eran intocables.

Uno de ellos, detalló el coronel, era un distinguido jurista, ex ministro de la Suprema Corte y, en consecuencia, plácidamente ubicado más allá del bien y del mal.

Otro era un civil, un ingeniero, presidente de una inmobiliaria contratista de obras públicas multimillonarias y a quien sólo se podía acusar de prestar la oficina usada por los conspiradores; es decir, de nada.

—Otro resultó ser el obispo de Cotija, a quien usted conoce —la presidenta asintió y Méndez continuó—. Trabaja en estrecha relación con el nuncio apostólico, y la Procuraduría de Justicia Militar siente que meterse con la Iglesia sería pecado mortal.

Tampoco se veía tan negro el futuro del almirante llamado Delta: de las grabaciones no surgían imputaciones concretas en su contra y, además, era compadre del secretario de Marina.

Los otros dos eran del ejército y el ejército se encargaría de ellos, dijo Méndez. Enseguida hizo una pausa y agregó por lo bajo: «Tal vez». En tono normal dijo:

—Tendrá que encargarse de ellos usted misma, señora, después del primero de diciembre.

La presidenta asintió sin comentarios y, según su costumbre, cambió bruscamente de tema: quería completa información sobre el hotel y spa que dirigía en la Riviera Maya, en un recóndito paraje llamado Puerto Cangrejo, un tal Orlando Villa, padre de Roberta.

Con el menor número posible de palabras la presidenta explicó que Pinky y Roberta habían convencido a Ofelia de ir con ella a recuperar en aquel lugar las ganas de vivir; y, para completar el bullicio, llevar con ellas una gavilla de condiscípulos, chicos de su edad, pero tranquilos y bien portados. ¿Era verdad?

El sorprendido Méndez aprobó la idea de inmediato: él conocía perfectamente el lugar, era magnífico, «de siete estrellas»; además, conocía muy bien a esos chicos, quienes un par de años atrás habían sido «sus» *boy scouts*, la famosa patrulla de los Jaguares; y por añadidura contaba el coronel con un destacamento militar muy cercano a Puerto Cangrejo, en un lugar llamado Punta Piratas, con elementos de su personal confianza para montar un discreto pero hermético círculo de vigilancia en torno del lugar donde convalecería Ofelia. Entrados en el tema, ¿por qué no consideraba la presidenta ir también ella a reponerse junto al mar antes del primero de diciembre, a disfrutar los últimos días de auténtico descanso que podría gozar la señora en mucho tiempo?

Ella esbozó un gesto de aprobación, pero pasó a los siguientes puntos de su agenda mental: después de videograbar su mensaje para los deudos de los militares muertos en Monterrey, necesitaba encerrarse en conferencia con el visitante a quien Rendón había recogido en el aeropuerto; y a continuación quería una comunicación directa y por línea segura con la secretaria de Estado de los Estados Unidos.

Méndez salió recargado de adrenalina, como siempre le sucedía tras sus conferencias con la presidenta.

Para alivio de Javier Rendón, que sólo conocía al personaje por fotografías, Cosme Giuliani no llegó disfrazado sino con su sobria indumentaria habitual porque en Cotija no podía suceder nada peor que lo ya sucedido y, en consecuencia, a nadie le restaban motivos para atentar contra el columnista de *L'Osservatore Romano*.

La presidenta se encerró a solas con Giuliani durante más de una hora, al cabo de la cual el italiano salió con aire de ocultar un secreto. Dijo que no deseaba café, pero pidió que lo comunicaran con Reyes Ordaz:

—Tengo que pedirle que me conecte con uno de sus discípulos, el hijo de Atenor Rivera, para que me deje ver el libro en que trabajaba su padre cuando lo mataron.

Esa mañana el coronel andaba con las manos llenas y abrevió las explicaciones:

—Atenor Rivera no murió y Erasmo viene en camino. Espere aquí, por favor. Si necesita algo…

—Pues, sólo devolverle este pasaporte que usted me proporcionó —atinó a decir Giuliani.

—Déselo al capitán Rendón. ¡Permiso! —cortó el coronel y salió a paso vivo, dejando al italiano con el café no deseado.

La conferencia telefónica de la presidenta con la secretaria de Estado no fue sencilla sino triple, de cinco minutos cada vez y con casi una hora de intervalo entre una y otra conversación. En uno de esos paréntesis, entre la segunda y la tercera comunicación, la presidenta consultó a solas con los cirujanos que la habían operado. ¿Podría ella viajar el siguiente fin de semana al escondrijo en la Riviera Maya adonde al día siguiente se trasladaría su hija con amigos de su edad? Los médicos empezaron por rechazar la idea rotundamente, a continuación expusieron dudas y pusieron condiciones pero al final se doblegaron. Después de vencer a los médicos y conferenciar por tercera vez con la secretaria de Estado, la presidenta mandó por Méndez: había decidido seguir el consejo del coronel e irse a descansar en la Riviera Maya. Allá recibiría el domingo la visita de su amiga, la secretaria de Estado.


Copias de las notas, fichas y parrafadas acumuladas por Atenor Rivera para su libro (provisionalmente titulado *El olor del dinero*) se acumulaban ahora en el *notebook* de Erasmo, que ya había empezado a ordenar, compaginar, condensar y en gran parte reescribir el desordenado borrador. El muchacho tenía permiso de su padre para mostrar a Giuliani esos materiales; en cambio, el italiano no podría entrevistar al autor porque, siguiendo consejos de sus abogados, Rivera se había entregado a las autoridades, que ahora lo tenían resguardado en calidad de testigo protegido.

Tan pronto como los muchachos llegaron, el coronel Méndez les anunció que partirían a la Riviera Maya al día siguiente muy temprano y los despachó de una vez, a ellos y las chicas, a buscar lo que necesitarían para el viaje y regresar al hospital antes de las diez de la noche: dormirían allí para estar listos al amanecer.

—Antes de las diez de la noche: igual que mi mamá —rezongó Pinky.

—¿Por qué los militares tienen que hacer todo al amanecer? —dijo Fermín entre dientes; pero todos acataron las órdenes.

Los chicos se ofrecieron a llevar a Giuliani a su hotel pero, abrazado al *notebook* de Erasmo, el italiano pidió que primero lo comunicaran con Reyes Ordaz.

—No necesita teléfono —dijo el coronel—: está aquí, en el quirófano, en manos de los oftalmólogos.

Méndez explicó que Reyes Ordaz había aceptado someterse a un tratamiento quirúrgico a manos de un eminente oftalmólogo inglés, casualmente de visita en México.

—¿Andrew Koppel? Lo vi en televisión: dicen que hace milagros —se asombró Giuliani—. ¿Está en México?

—Sí, invitado por el Hospital Militar para un coloquio sobre tratamiento de heridos por explosiones... de los cuales tenemos muchos, desgraciadamente.

Giuliani quería ver a Ordaz de inmediato, pero el coronel le explicó que después de la intervención el paciente quedaría varias horas en recuperación:

—No podrá recibir visitantes antes de mañana. Regrese usted mañana y seguramente podrá hablar con él... si todo sale bien.

Manuel, que debía regresar a su taller el auto-reliquia en que hoy andaba, se ofreció a llevar al italiano a su hotel.

—Sí —aceptó Giuliani—, el vuelo de esta mañana no me cansó mucho pero la presidenta me dejó exhausto. Y quiero rezar por Ordaz... —se frenó en seco cuando vio la joya—. *Santa madonna*! ¿Éste es tu auto, Manuel? ¡Un Citroën DS Pallas, de 1967! Como los que usaba el gobierno francés en tiempos de Charles de Gaulle. *Mamma mia*!

—En realidad es de 1965, pero tuvimos que ponerle los cuatro faros de 1967 porque no conseguimos los originales... Sólo un experto como usted lo habría notado. En cambio, con ayuda de la embajada de Francia, sí conseguimos refacciones originales para la suspensión hidroneumática automática, a prueba de topes y baches. ¿Quiere conducirlo? —ofreció Manuel.

—¡Por supuesto! —exclamó el italiano y corrió a empuñar el volante.


Lo que a la mañana siguiente despertó a Reyes Ordaz fue la suave mano de Licha sobre su frente:

—¿Tengo fiebre, mamá? —preguntó, aún medio dormido.

—No, qué va. Dormiste como un tren.

—¿Cómo qué?

—Roncando como un tren.

—No veo nada. Ese inglés me dejó peor que antes: estoy totalmente ciego.

—No me extraña, porque tienes los ojos cerrados.

—Por las vendas. No puedo despegar los párpados. Además, tengo miedo de abrir los ojos: ¿qué tal si veo todo negro, o todo blanco, como los ciegos de Saramago? ¿Te acuerdas de *Ensayo sobre la ceguera*?

—Ahorita vendrán a quitarte las vendas. Y yo te voy a encomendar a alguna enfermera de voz armoniosa y aroma de lavanda, porque ya me voy a trabajar.

—No vas a encontrar esa clase de enfermeras. Aquí todos son paracaidistas y huelen a C-4.

—¿Es una fragancia?

—Es un explosivo plástico de uso militar. No pienses en eso y vete a trabajar, joven mujer.

En ese momento entró el doctor Andrew Koppel seguido por uno de sus colegas mexicanos. Doña Licha, que prefería no estar presente en el instante crucial en que se develaría el éxito o fracaso de la intervención, aprovechó para hacer mutis por lateral izquierdo.

—¿Cómo estamos hoy? —preguntó el británico en el tono juguetón que se usa con los desahuciados. El eminente oftalmólogo hablaba inglés con acento escocés y español con acento catalán.

—Sigo en sus manos, doctor. Sólo me gustaría pedirle...

No pudo seguir hablando porque en ese momento el médico le arrancó las vendas de un tirón, como se hace para abreviar el dolor, al tiempo que ordenaba:

—No abra los ojos bruscamente. Poco a poco.

Reyes Ordaz movió los párpados apenas un milímetro y sintió que le entraba tanta luz, tan hiriente, que volvió a cerrarlos de inmediato. Sin embargo, él sabía que la habitación estaba en suave penumbra. Volvió a entreabrir los párpados, ahora de cuarto en cuarto de milímetro, y se halló mirando fijamente la nariz de Andrew Koppel. El médico tenía un pompón rojo, como de payaso, en la punta de la nariz, a sólo veinte centímetros de las pupilas del paciente.

—¿Huelo mal, doctor? ¿Por qué se pone eso en la nariz?

—¿En mi nariz? —preguntó Koppel como agraviado— ¿Qué tiene de malo mi nariz?

—Pues un pompón de lana roja, como de payaso...

—¡Perfecto! ¡Excelente! —muy satisfecho, el cirujano se echó atrás medio metro, quitó el pompón de su nariz y se colgó sobre el pecho un letrero que decía, en caracteres de un centímetro y medio de alto: «Sir Andrew Koppel, M.D.».

—No quise molestarlo, doctor, perdón, sir Andrew —se disculpó Ordaz, muy confundido—, yo no sabía que usted era... bueno, es... un lord.

—¿Un lord, yo? —rio el médico—. ¿De dónde sacó semejante idea?

—Pues, ese letrerito... —trató de explicar Ordaz, cada vez más confundido.

—¿Puede distinguir estas letritas a más de medio metro y a media luz? ¡Estupendo! ¿Qué opina, doctor?

—Sorprendente, doctor. Asombroso —contestó el oftalmólogo mexicano.

—Y sin embargo —siguió el británico—, no es una cura, sino un alivio transitorio, por unos meses, un par de años, hasta que logremos algo mejor. ¿Qué opina usted, señor Ordaz?

Reyes Ordaz estaba tan absorto escaneando con su nueva visión el techo, las paredes, las ventanas, sus propias manos, que de momento no atinó a responder. En ese momento entraron el coronel Méndez y Cosme Giuliani. Hubo presentaciones, saludos, congratulaciones y las usuales demostraciones de modestia que ofrecen los cirujanos cuando sus pacientes sobreviven.

—No tiene nada de milagroso —decía el doctor Koppel—, sólo trucos de óptica. Reemplacé los cristalinos con lentes especiales para realzar la visión periférica que le resta al paciente y reenfocar las imágenes hacia las retinas... una suerte de *bypass* luminoso, un *detour*... —sin dejar de platicar, el británico, el oftalmólogo mexicano y el coronel Luciano Méndez fueron saliendo de la habitación.

—¡Doctor Koppel! —llamó Ordaz, incorporándose a medias en su cama.

—¿Sí? —contestó el británico desde la puerta.

—Por fin, ¿es usted un lord o no lo es?

—*Just a viscount, my friend*. Pero nunca lo mencione: soy republicano de corazón.

Cuando quedaron solos, Ordaz y Giuliani se estrecharon las manos con fuerza:

—Ahora sí puedo jurar que me da gusto verlo, amigo Giuliani —dijo Reyes Ordaz. Entonces sonó el celular del paciente. Era doña Licha:

—¿Y? Quería aguantar hasta la tarde sin preguntarte, pero ya me comí tres uñas y me sangra un dedo.

—Increíble —la tranquilizó Ordaz—. Es fabuloso: puedo leer a más de medio metro de distancia —escuchó un minuto con deleite el agitado parloteo de Licha. Al cabo besó el teléfono antes de cortar y brincó de la cama—. Me vestiré de inmediato y saldremos a desayunar, amigo Cosme: recuperar la vista me abre el apetito.

No se alejaron mucho del hospital porque el coronel Méndez les dijo que deseaba hablar con ellos, un rato más tarde, de un tema importante.

Giuliani ya había desayunado en su hotel y sólo ordenó café de olla con canela y piloncillo, pero Ordaz pidió una orden doble de tacos.

—¿Gusta usted? Son machitos —ofreció el exultante Reyes Ordaz—. ¿Los conoce?

—Sí, los he probado en ocasiones. ¿Qué son, exactamente?

—Testículos de becerro. Muy tonificantes —respondió Ordaz con la boca llena.

El italiano empezó el ademán de persignarse, pero a mitad de camino alzó su taza y tomó un gran sorbo de café. Enseguida cambió de tema. El día anterior, explicó, no había llegado al DF desde Roma sino de Cotija: antes de recalar en la ciudad de México había viajado a la capital de los Legionarios de Cristo para asistir al funeral de la secta, cuya liquidación finalmente había sido ordenada por el Vaticano la semana anterior.

—¿Por qué? —preguntó Reyes Ordaz, masticando y pensando en un artículo para *Lo que vendrá* que ya traía a fuego manso en su horno mental—. ¿Por qué ahora y no hace diez, veinte años, cuando se supo lo que el padre Marcial Maciel hacía con sus seminaristas? ¿Por qué esperar tanto tiempo y acumular denuncia tras denuncia, escándalo tras escándalo?

—Lo mismo me preguntó la presidenta —contestó Giuliani—. Por dinero. La legión no era una orden o una secta sino la mejor lavadora de dinero que hemos visto en treinta años, desde el colapso del Banco Ambrosiano en 1982. Cuando estalló aquel escándalo, el polaco Karol Wojtyla llevaba apenas tres años en el trono. No es mucho tiempo en Roma. Juan Pablo II era un extraño en el Vaticano. Y entonces tuvo que enfrentar la peor crisis sufrida por la Iglesia después de la Segunda Guerra Mundial, porque la quiebra del Ambrosiano, cuyo principal accionista era el Istituto per le Opere di Religione, es decir, el Banco Vaticano, ponía a la Santa Sede al borde de la bancarrota...

—...y el papa polaco, acostumbrado en su país a negociar con la corrupción del régimen comunista, no halló tan difícil contemporizar con los legionarios —contribuyó Ordaz después de tragar.

—No tenía opción —siguió Giuliani—. Además, Wojtyla era un político pragmático, no un doctrinario riguroso, como Ratzinger. Yo creo que Juan Pablo II aceptó el dinero de los legionarios razonando, como político, que el fin justifica los medios. Su plan era lanzar el mayor esfuerzo evangelizador del siglo XX: más de cien viajes fuera de Italia, ciento cuarenta y cuatro en Italia y más de doscientos mil misioneros enviados a abrir brechas en todo el mundo. Y, de paso, acabar con el imperio comunista que abarcaba más de la mitad de Europa. Todo eso en menos de treinta años no se logra con rezos sino con dinero. No millones sino miles de millones de dólares.

—Y el dinero no tiene olor, como decía el emperador que salvó las finanzas de Roma industrializando el excremento de los miles de clientes que cada día iban a defecar a los famosos baños de puro mármol que aún llevan el nombre de aquel monarca: Caracalla —interpuso Ordaz, pensando que la cita luciría de perlas en su próximo artículo.

—Dos mil clientes por turno, desfilando del amanecer hasta la noche —precisó Giuliani—. Pero Caracalla no buscaba dinero para salvar las almas de los romanos sino para duplicar la paga del ejército que lo sostenía en el trono.

—Si usted se atreve a comparar a Juan Pablo II con Caracalla, lo van a excomulgar y tal vez quemarlo vivo, como a Savonarola, por andar denunciando la corrupción y sodomía en la Iglesia —se burló Reyes Ordaz.

—Pero si usted se adelanta a ventilar este tema, yo podría citar, con cautela, «una acreditada fuente mexicana». Le ofrezco un ángulo: en los ochenta el dinero sucio lavado por «máquinas» eclesiásticas como los Legionarios de Cristo salvó no sólo a Roma sino a México. El gobierno mexicano no pregona estas cifras, pero tal vez usted podría desenterrarlas. Las ratas de biblioteca en las catacumbas de mi periódico calculan que el dinero sucio lavado en México durante los últimos treinta años (no sólo narcodólares sino lo robado o estafado por políticos y empresarios de este país, los Estados Unidos y Centroamérica) supera con mucho a lo recaudado en México por petróleo, turismo y remesas de los emigrantes.

—Exageran. No puede ser tanto —objetó Ordaz—. Si sus ratas estuvieran en lo cierto, México sería hoy una potencia mundial.

—No, porque aquí no se aprovecha sino que se desperdicia o se «esfuma» el dinero, como en los Emiratos Árabes, en Nigeria, en Venezuela... Por falta de buenas oportunidades de inversión, tres de cada cinco narcodólares «sanitizados» en México regresan a los Estados Unidos o emigran a Europa, Asia o santuarios sudamericanos como Brasil, Colombia y Perú. Sin embargo, aquí queda lo bastante para mantener con vida a este país, que después de cada crisis siempre vuelve a flotar, remendado pero insumergible.

Antes de hablar, Ordaz chasqueó los dientes:

—Muy interesante, pero no tiene nada de nuevo. Usted no regresó a México dos veces el mismo mes para hablar de lavado de dinero con la presidenta. Usted y la presidenta están usando el lavado de dinero como pantalla, para ocultar otra cosa. ¿A qué vino usted a México, amigo Cosme?

Sin quitar la mirada de los ojos de su interlocutor, Giuliani sorbió el resto de su café:

—Vine como cartero —repuso al fin—. En mi primer viaje traje un mensaje del secretario de Estado. Logré entregarlo en Mazamitla, pero trataron de... interceptarme, para averiguar el contenido de la misiva. Gracias a usted y sus muchachos, salí bien librado. Ahora traje otro mensaje, de una autoridad superior.

—¿Superior al secretario de Estado del Vaticano? Únicamente el papa. ¿Qué podría escribirle Benedicto XVI a nuestra presidenta?

—No lo sé. La misiva venía en sobre cerrado con el sello personal del pontífice. Aunque usted no lo crea, en el Vaticano todavía usan lacre para sellar sobres.

—Le creo. ¿Cuándo sabremos qué se traen entre manos, qué pretende la Iglesia?

—Yo creo que muy pronto.

—¿Cuándo?

—El primero de diciembre.

## 11 Puerto Cangrejo

Ofelia y su séquito volaron en un incómodo pero seguro Hércules C-130 del ejército al nuevo aeropuerto internacional de Tulum. El carguero llevaba «impedimenta», equipos y provisiones para el destacamento militar de Punta Piratas, en la frontera con Belice. Para los pasajeros sólo quedaba un cubículo con duras sillas de plástico, diseñadas para curtir el espíritu de los soldados.

Acostumbrado a los rigores de la vida de *boy scout* (y para no espiar a Roberta y el capitán Rendón, sumidos en *tête-à-tête* al fondo de la cabina), Erasmo optó por refugiarse en otro rincón con su computadora sobre las rodillas: no la estilizada *notebook* que había dejado en manos de Cosme Giuliani, sino la veterana *laptop*, holgada como zapatos viejos, que el muchacho prefería para trabajar en serio. Y se concentró en releer fichas del libro de su padre. Esta nota se titulaba *Elogio de la corrupción:* «La corrupción depende de lo que en cada país o época se considere admisible o inadmisible, legal o ilegal. Importar al precio más bajo lo que el país necesitaba y exportar la producción nacional al mejor precio internacional, tal como hoy hace la gente decente, era perfectamente ilegal en la colonia. Ese tráfico era contrabando y sus ganancias, en consecuencia, dinero sucio que se debía lavar sobornando al virrey y funcionarios de la corona, es decir, con más corrupción...».

La siguiente nota ampliaba el argumento: «Así como el pecado no se acaba con autos de fe para quemar vivos a los pecadores, la corrupción no se acaba encarcelando a los corruptos. Como economista, sé que la corrupción en un país poco desarrollado sólo se combate con desarrollo.

»En el siglo XIX, los Estados Unidos fue uno de los países más corruptos del mundo, como antes lo habían sido Inglaterra y Francia: recordar la negra historia de los barones del petróleo, del ferrocarril, del transporte marítimo, del carbón, de las explotaciones forestales, de los puertos, de la electricidad, del transporte por autopistas y de la construcción de esas autopistas...».

—¿Qué lees? —Ofelia se había acurrucado tan suavemente a su lado que Erasmo se sobresaltó al oírla tan cerca.

—Notas de un libro que mi padre escribe en la cárcel. Es un elogio de la corrupción.

—¡Mi Dios! ¡Con razón está en la cárcel!

—No, no está preso por sus ideas sino por dos virtudes, fe y lealtad. El empleador de mi padre huyó con la escalera y lo dejó colgado de la brocha.

—¿Y tú también eres... defensor de la corrupción?

—No. Yo sólo corrijo el estilo de los escritos de mi padre. Y trato de rebatir sus argumentos, pero, la verdad, no es fácil.

—¡Qué bárbaro! ¿Me dejas leer?

Erasmo le cedió la computadora y ella leyó: «El dinero de la corrupción, si se le permite ingresar a la economía llamada formal, se reproduce y origina progreso. El país que no lava y digiere su propio dinero sucio, simplemente lo pierde, porque esos fondos no se evaporan: sólo emigran para lavarse e invertirse en otro lado. Una de las claves del Milagro Mexicano de la era del Desarrollo Estabilizador (1958-1970) de Antonio Ortiz Mena fue que, cuando nadie los miraba feo, los políticos y contratistas corruptos, es decir, todos, reinvertían en este país los dineros que robaban. Así creció la clase empresarial mexicana...».

—Será un corrupto tu padre, pero escribe muy bien —reflexionó Ofelia.

—Bueno, yo lo rescribí —dijo Erasmo.

—Yo también soy escritora. Quiero ser. Estoy escribiendo una novela.

—¿De veras? —condescendió Erasmo—. ¿De qué trata?

—La heroína se llama Maringá y tiene catorce, la edad que yo tenía hace dos años, cuando empecé a escribir esta historia. Desde entonces yo envejecí pero ella no. Y ella no es flaca y desleída como yo sino morena y voluptuosa, como Roberta.

—Tú eres delgada, no flaca. En cuanto a desleída... no sé bien qué quiere decir.

—Diluida, desdibujada. Lo busqué en el diccionario.

—Pues no te veo tan...

—No importa —siguió Ofelia, quien, como su madre, no abandonaba fácilmente su propio carril mental—. Yo recuerdo muy bien lo que una piensa y siente a los catorce y puedo contar...

Pero no pudo continuar: en ese momento les ordenaron ajustarse los cinturones, porque ya se disponían a aterrizar en Tulum.

En Tulum el grueso del cargamento del Hércules fue transferido a camiones que lo llevarían a Punta Piratas por la nueva autopista costera. Pero lo más urgente iría por aire, en un gran helicóptero tan incómodo como el Hércules pero con espacio suficiente para los pasajeros. Esta nave haría una breve escala para desembarcarlos en Puerto Cangrejo, donde un primoroso campo de golf, rara vez usado, servía de helipuerto y, ahora, emplazamiento del centenar de paracaidistas, tal vez una compañía, que horas antes se había desplazado de Punta Piratas a Puerto Cangrejo para establecer el «discreto pero hermético» dispositivo de seguridad que había anunciado el coronel Méndez.

Excepto Ofelia, todos conocían bien Puerto Cangrejo porque allí habían pasado unas movidas vacaciones tres años atrás. Las chicas, además, visitaban el lugar cada vez que la escuela les dejaba tiempo libre, para ver por el padre de Roberta y brindarle unos días de compañía. Más que visitante, Javier Rendón se consideraba poblador arraigado de Puerto Cangrejo, porque había vivido años en aquel lugar, practicando medicina en su propia pequeña clínica, hasta ser llamado a la ciudad de México para reemplazar a Luciano Méndez en la Cruz Roja. Así que él se hizo cargo de ubicar a Ofelia en la geografía del lugar.

El hotel-spa se alzaba en el centro de una isla cubierta de dunas de arena fina como talco. Entre la isla y tierra firme se extendía una laguna no muy profunda pero ancha, alimentada por un río subterráneo tan caudaloso que era posible navegarlo un par de kilómetros en canoas de remos.

La otra ribera de la isla era una extensa playa abierta al mar y en partes protegida por hileras de araucarias de Nueva Caledonia.

En la isla los esperaba Orlando Villa, padre de Roberta y administrador del lugar. A Ofelia le sorprendió encontrarse no a un imponente hombre de negocios, sino a un cincuentón alto, delgado, afable y descalzo, vestido de mezclilla deshilachada, con coleta amarrada en la nuca y camisa entreabierta para ventilar el vello canoso que le cubría el pecho.

En honor de Ofelia, Orlando Villa insistió en darle el *tour* de bienvenida que tenía memorizado para hipnotizar a visitantes distinguidos. El administrador describía los prodigios y expectativas de su spa con entusiasmo de vendedor de tiempo compartido. Las anchas playas, los bamboleantes bosquecillos de araucarias de Nueva Caledonia, las fuentes danzantes, los salones y restaurantes de cristal, las deslizadillas de agua para lanzarse a la laguna o al mar desde los balcones de las suites de gran lujo, las enormes bolas de colores para rodar por la playa, los columpios inflables y las regaderas de cascada, se volvían en el discurso de Villa aún más anchas, más bamboleantes, más danzarinas, más cristalinas, más vertiginosas, más redondas, más voladoras y más torrenciales. Al fin, casi sin resuello, el hombre demandó:

—¿Qué opina usted, joven Ofelia?

—¿No hay caballos? —preguntó Ofelia esperanzadamente.

El desconcierto de Orlando Villa fue conmovedor.

—¿Caballos...?

—No importa, don Orlando —contemporizó Ofelia—, nadie es perfecto.

Roberta saltó al rescate de su padre:

—No hay problema. Javier, digo, el doctor, digo, el capitán Rendón es amigo de todos en este pueblo: él conseguirá caballos... después de comer.

Rendón se pellizcó la barbilla y encaró a Ofelia con voz de médico:

—Sí, puedo conseguir caballos, pero no hoy, jovencita. Usted es una convaleciente y debe reposar otros dos días: ni caballos, ni alberca, ni laguna, ni mar, ni asolearse demasiado.

Ofelia se las compuso para resoplar y sonreír al mismo tiempo y de inmediato cambiaron de tema, porque el *tour* les había abierto el apetito. Se arrojaron como náufragos sobre la humeante taquiza que ya los esperaba en una de las grandes palapas enclavadas en la playa, de cara a la brisa del mar.

Cuando Ordaz y Giuliani regresaron al hospital, fueron conducidos a una salita donde, se les dijo, debían esperar al coronel Méndez, sumido en conferencia con la presidenta y unos visitantes de alto nivel. Pero nunca llegaron al recoveco que les habían destinado porque en el pasillo se toparon con Méndez y los visitantes.

Los extraños no caminaban en grupo sino uno tras otro, como desfilando. Al frente caminaba de prisa, como tratando de salir de ahí lo antes posible, un enjuto hombre de rostro y traje del mismo tono de gris. A continuación marchaba un cincuentón de silueta cuadrada que, aun vestido formalmente de civil, se movía como militar. A sus espaldas caminaba otro individuo de aire marcial, pero de actitud deferente. Tras ellos se deslizaba sobre mocasines italianos un sujeto flaco y flexible que caminaba despegando apenas los pies del suelo, como se mueven los marineros en una cubierta resbaladiza. Enseguida se desplazaban dos clérigos, el mayor sujetándose con firmeza de un codo del menos viejo: el primero era gordo pero no saludable, de tez manchada y mirada brumosa; y el segundo era delgado, de aire caviloso y actitud evasiva, como si no quisiera estar ahí. El sexto de la fila, por fin, era un calvo de traje ¡con chaleco!, y sonrisa húmeda, que lanzaba miradas furtivas a izquierda y derecha, como buscando comprensión.

El coronel Méndez se detuvo junto a Giuliani y Ordaz y, cuando los visitantes se alejaron, rezongó entre dientes, como para sí:

—Son los canallas más influyentes de este país...

—¿Perdón? —brincó Ordaz.

—Digo que hoy por hoy representan al grupo de presión más influyente en este país. Forman un llamado Comité Cívico dedicado a presionar al gobierno: el actual y el que vendrá. Vamos a mi oficina: les contaré.

Ordaz y Giuliani se miraron extrañados: como reporteros no estaban acostumbrados a recibir confidencias de los custodios de secretos de Estado.

—La presidenta me ordenó confiar en ustedes —explicó Luciano Méndez tan pronto como se acomodaron a puerta cerrada. Pero el coronel no estaba cómodo en el papel de vocero: en vez de girar los pulgares, como hacía cuando elucubraba ideas promisorias, esta tarde cruzaba y descruzaba las manos sobre la mesa, sudando. Pero siguió hablando—. Antes, este comité representaba a la cúpula de una organización de extrema derecha llamada Yunque. Pero el nombre se desprestigió y tuvieron que cambiarlo.

—Sí, sabemos lo que era el Yunque —aportó Giuliani—. ¿Este comité es todo lo que resta de aquella secta... logia... no sé cómo llamarla... tan poderosa?

—Primero debo pedirles, por orden de la presidenta, la formal promesa de no divulgar antes del primero de diciembre lo que aquí vamos a hablar.

—Tiene mi palabra —se comprometió Giuliani.

—Lo juro por mis ojos —asintió Ordaz.

—Bueno: estos tipos ya no son un grupo ultramontano, o fundamentalista, o como gusten llamarlo, encerrado en sí mismo, cociéndose en su propio jugo. Ahora son pragmáticos: actúan como agentes... cabilderos, en realidad, de la ultraderecha empresarial, los banqueros, la ultraderecha de la Iglesia...

—No de la verdadera Iglesia. Ya le expuse a la presidenta la posición de la Santa Sede, por boca del secretario de Estado del Vaticano, el segundo hombre al mando del Estado Vaticano. La posición de la Iglesia no se parece a la actitud de los Legionarios de Cristo —interpuso Giuliani.

—Aceptado —concedió Méndez—. Lo que ahora importa es que el Comité Cívico se nos volvió intocable porque asumió la representación del Estado Mayor Conjunto.

—¿Y vinieron a interesarse por la salud de la presidenta? —insinuó Giuliani.

—Eso dijeron. Que sólo habían esperado a que se disipara la «turba», así dijeron, congregada ante el hospital...

—¿O vinieron a cabildear en favor del REGI, es decir, la dictadura militar? —fue al grano Reyes Ordaz.

—El REGI no implantaría una dictadura militar. Sólo sería un régimen de excepción, mientras dure la guerra. Sólo aumentaría los poderes de la presidenta, no del ejército. Si lo prefieren, llámenlo dictadura presidencial, no militar.

—¿También usted es partidario del REGI, mi coronel? —preguntó Ordaz, con un tono de sorna.

—Igual que san Pablo era partidario del matrimonio: decía que casarse era mejor que arder en el infierno —repuso el coronel con total seriedad.

—¿La presidenta piensa lo mismo? —insistió Ordaz.

—Lo mismo me preguntó usted hace un par de días y la respuesta es la misma: no sé. En cambio voy a transmitirles una sospecha de la presidenta: estos cabilderos no vinieron a cabildear, sino a insinuar, o anticipar, un ultimátum.

Ordaz silbó por lo bajo:

—¿Eso sospecha la presidenta?

—Sí —dijo Méndez—. Y yo también.

Giuliani hizo ademán de contener todo juicio precipitado:

—La presidenta, ¿qué les respondió?

—Que ahora no puede hablar mucho porque tiene herida la garganta, pero que les contestará cumplidamente el primero de diciembre.

—¿Qué les va a contestar? ¿Qué puede contestarles? —urgió Reyes Ordaz.

—No sé —repuso Méndez, mirando al periodista a los ojos, sin pestañear.


Después de comer, el capitán Rendón obligó a la pandilla a reposar a la sombra un par de horas. Cuando bajaron un poco la comida, el sol y la temperatura, los chicos se fueron a bucear a lo largo del exuberante arrecife de coral que por kilómetros bordeaba aquella costa.

Ofelia, a falta de caballos y permiso para correr al mar, se acomodó en posición fetal en una hamaca yucateca, a la sombra de una palapa, y buscó consuelo en una novela.

Por lejano, poco publicitado y muy caro, el spa de Puerto Cangrejo nunca sufría exceso de visitantes, y menos en esos días de tregua entre las vacaciones de verano y Navidad. En la marina, al extremo más lejano de la desmesurada playa, estaban atracados cinco o seis yates, pero sólo de uno brotaba ruido, música, voces, risas apenas audibles desde la palapa de Ofelia. En la cafetería, los muchachos habían recogido el rumor de que el yate ruidoso pertenecía a un club de nudistas y que los propietarios de las otras embarcaciones, gente más recatada, habían preferido alojarse en el hotel para mantenerse a salvo de los escandalosos.

En consecuencia, por la playa a la vista de Ofelia sólo vagaban personas con ropa: unas apacibles parejas de edad madura, una niñera con dos niños y un par de muchachones nervudos que, a pesar de su atuendo playero, no parecían turistas sino paracaidistas del capitán Rendón.

—¿Qué lees? —preguntó Erasmo a través de la toalla con que se secaba la cara.

—*El vizconde de Bragelonne,* de Alejandro Dumas. Más divertido que Harry Potter. ¿Te cansaste de bucear?

—No, pero quiero saber qué siente una chica de catorce, como tu Maringá.

—Pues… impaciencia. Ganas de brincar las trancas, como un potrillo. A esta chava la dejaban con su abuelita mientras los papás iban del otro lado, a los Estados Unidos, a ganar dólares. Repentinamente los padres dejaron de comunicarse y mandar dinero. Y se muere la abuelita. La chava tiene que vender todo lo que tienen para poder enterrarla. Lo único que le queda es su caballo, que se llama igual que el mío, *Lucero*, porque es negro azabache con una estrella plata en la frente.

—¿Qué hace Maringá? ¿Vende el caballo? ¿Lo pone a disputar carreras cuadreras, con fuertes apuestas, y…?

—Nada de eso. Algo más ingenioso. Aprovechando…

Pero no pudo seguir porque en ese momento llegaron los buceadores, en tropel.

—Si vamos a hacer una fogata para asar salchichas esta noche —dijo Erasmo mientras colgaba su toalla al sol—, mejor vamos a buscar leña.

Por arraigada costumbre, los Jaguares, en activo y jubilados, siguieron a su antiguo líder.

—¡Bien pensado! —relinchó Fermín—. ¡Revisemos la costa cerca de la marina, por allá, donde brincan las nudistas!

—Lástima que por allá no hay madera —dijo Omar—. Me acuerdo dónde se juntan palos, ramas, raíces que trae la marea: por allá, en esa caletita, pasando la boca del río. ¡Justo al otro extremo!

—Ahora vayan por la leña —se burló Roberta—, después, cuando baje el sol, pueden explorar la playa cerca de la marina, como buscando... huevos de codorniz.

—¿Codornices? ¡En el Caribe no hay codornices! —objetó Fermín.

—¡Por eso, menso! —se carcajeó Roberta al tiempo que los chicos partían al trotecito.

Más tarde, al anochecer, mientras alrededor de la hoguera los jóvenes tragaban las últimas salchichas alemanas envueltas en tocino español y ligeramente sazonadas con mostaza francesa, las nudistas emergieron de la penumbra, muy campantes. Sólo eran dos, envueltas ahora en anchas y largas camisas vaqueras y saludando en una mezcla efervescente de inglés, español, francés y holandés:

—¡Hola, vecinos lindos! —prorrumpió la que hablaba mejor español, muy jacarandosa—. ¿Nos venderían unas cervezas? ¡Por favor! ¡Somos sedientos!

—No se las vendemos. ¡Se las obsequiamos, con mucho gusto! —se apresuró a responder Roberta, en su papel de hija del administrador del hotel—. ¿Quién les ayuda a cargar un par de cajas...?

Omar y Fermín brincaron como catapultados y corrieron hacia el hotel, a buscar lo requerido; y las nudistas corrieron tras ellos, rebotando y cascabeleando. Al minuto volvieron, los muchachos cargados con sendas grandes cajas de latas de cerveza y con las rubias brincando a su alrededor. Al pasar junto a la fogata, las extranjeras saludaron con grititos infantiles y volvieron a sumirse en la oscuridad, rumbo a su yate, seguidas por sus esforzados cargadores nativos.

—Voy a ayudarles —dijo Manuel y partió tras ellos.

—Me pregunto si andarán desnudas bajo la ropa —soltó Pinky con el ceño fruncido y todos rieron con ganas. Pero al rato Roberta también se removió incómoda:

—Voy por los chicos —anunció—. No me gusta que se pierdan por ahí con esas borrachitas. ¿Vamos, Pinky, Javier...?

Roberta se encaminó tras la estela de gritítos de las rubias y Pinky y Rendón la siguieron dócilmente. Ofelia y Erasmo se quedaron junto al rescoldo.

—Qué celosa es Roberta —murmuró Erasmo.

—Hace bien —opinó Ofelia—. Bueno, como te contaba, lo que hizo Maringá fue aprovechar que en esos días llegaba un circo a su pueblo... un pueblo muy parecido a Mazamitla; y ella, con su buena figura y destreza como jinete, consiguió trabajo de *écuyer*... ¿sabes qué es eso?

—No —respondió Erasmo francamente.

—Artista ecuestre, en francés. Lo vi en el diccionario. Son esas chamacas que se paran sobre el lomo de un caballo al galope y hacen piruetas; sin caerse, claro.

—Buena idea. Y con eso, ¿Maringá gana mucho dinero?

—No le importa el dinero. Lo que ella quiere es irse con el circo a una gira por el suroeste de los Estados Unidos, a recorrer Texas, Arizona, Nuevo México, California, y buscar a sus padres.

—¡Oye! ¡Excelente! —prorrumpió Erasmo—. ¡Ya me imagino las aventuras de Maringá y *Lucero* del otro lado de la frontera!

—Sí. Pero me falta mucho, muchísimo. ¿Me ayudarás?

—¡Claro! ¡Es un gran planteamiento! A partir de ahí Maringá tiene que correr varias terribles aventuras transfronterizas, hasta descubrir, con ayuda de unos gitanos, que sus padres están presos en... déjame pensar... ¿el condado de Cochise, Nuevo México?

—¡Perfecto! —palmoteó Ofelia.

—La bronca está en cómo liberarlos, porque el malvado *sheriff* de Cochise los tiene en una especie de campo de concentración, con otro centenar de indocumentados a quienes explota como a esclavos...

—No hay problema. Los gitanos, que a ojos de un *sheriff* gringo se confunden con campesinos mexicanos, pueden infiltrarse en el campo de concentración y organizar una fuga masiva, como una estampida de búfalos. ¿Me ayudarás? Ya veo que para muchas escenas voy a necesitar experiencia masculina. Podemos compartir créditos, si te parece.

—Trato hecho. Pero tu nombre va primero porque el planteamiento básico es tuyo.

—No hagamos las cuentas de la lechera. Primero escribamos la novela: después veremos cómo repartir las ganancias. ¿Crees que llevarán esta historia al cine?

Erasmo no pudo contestar porque ya regresaban Roberta, Pinky y Rendón con Omar, Manuel y Fermín a la zaga, riendo y cotorreando. Fermín brincó al frente:

—¿Saben qué va a estudiar Omar? ¡No va a estudiar Industria Forestal, sino *forestry*, en Vancouver, British Columbia, en Canadá, donde también estudia… ¿saben quién? ¡La gordita Eve, pronúnciese *if*, es decir, Eva, quien ayudará a este pobre naco a conseguir la visa!

Omar empezó a rugir, furioso, pero todos rompieron a reír y lo contagiaron porque, al cabo, también él andaba muy contento.

—Lástima que no esté aquí mi mamá —dijo Ofelia—. Ella también se divertiría mucho.

—Hablando de diversión —dijo Rendón—, creo que mañana nos traerán caballos… Pero ahora, niñas y niños, es hora de irse a dormir: han tenido un día demasiado movido.

## 12 Hombres de negro

La lluvia azotaba como granizada el tejado de la ermita y la electricidad iba y venía, de modo que la televisión a ratos se veía sin sonido, a ratos se oía sin imagen y a ratos ni lo uno ni lo otro.

—Has tenido un día demasiado movido, papá —dijo Licha mientras quitaba los zapatos a su marido y le ponía pantuflas.

—Pues, estuve casi todo el tiempo sentado, nomás hablando con Giuliani o con Méndez...

—Emocionalmente movido —aclaró ella—. Las emociones cansan más que trabajar. No te quites la venda: yo te sacaré la ropa y te pondré la piyama.

Siguiendo instrucciones de los oftalmólogos, por varios días Reyes Ordaz debía descansar la vista en completa oscuridad al menos una hora cada seis y ahora, con los ojos herméticamente vendados, escuchaba e imaginaba un documental especial de la BBC sobre las elecciones de noviembre en los Estados Unidos.

—Por supuesto, el presidente será reelecto. Nadie lo duda —dijo doña Licha mientras le quitaba los pantalones.

—La reelección no es su problema. Su problema es México.

En ese momento la BBC resucitó:

—...como Roma bajo Trajano a partir del año 117 de nuestra era —decía un comentarista de voz profunda—, el imperio americano está comprobando en estos días que se ha extendido demasiado y ya no puede apretar simultáneamente y durante todo el tiempo en rincones que se le escapan de las manos, en Irak, en Afganistán, en Pakistán, en Irán y, sobre todo, en México, su vecino más peligroso. Este experto de la universidad de York cree que el segundo cuatrienio que el presidente estadounidense iniciará en enero estará marcado por un radical redimensionamiento de la esfera de influencia que él llama «imperial» de los Estados Unidos. Escuchemos al profesor Mart... —y se cortó el sonido.

—Justo cuando iba a hablar el oráculo de York —rezongó doña Licha.

—No importa —dijo Ordaz—. Conozco el argumento. Los ingleses vienen pronosticando desde hace medio siglo que los Estados Unidos tendrán que recortar su imperio, tal como tuvo que hacer Gran Bretaña después de la Segunda Guerra Mundial. ¿Se acabó el helado de mango y nuez?

—Sí. Me lo acabé. Era un antojo —se excusó Licha.

—No importa. Dame un vaso de leche con esas galletitas de vainilla.

—Lo siento, papá. También me acabé las galletitas. Te juro que mañana compraré más. Aquí tienes tu leche: ¿fría, verdad?

—Sí. Lo que me encorajina es que yo pensaba tratar ese tema, precisamente con ese enfoque, en *Lo que vendrá*, y la untuosa BBC me saca la comida de la boca.

—¿Por qué catalogan a México como el mayor problema, el mayor peligro? México no es refugio de terroristas, como Afganistán o Pakistán, ni desarrolla armas nucleares, como Irán.

—Pero México tiene más de quince millones de mexicanos o descendientes de mexicanos incrustados en los Estados Unidos, donde se reproducen más que los blancos, los negros o los amarillos. Y México está metido en una guerra peor que la de Irak, peor que la de Afganistán o Pakistán, y que no está al otro extremo del mundo sino en el patio trasero de los gringos.

—...la guerra interna de México —prorrumpió en ese instante la BBC— ya brincó la frontera y se extiende a Los Ángeles, Denver, Chicago, Atlanta y decenas de otras grandes ciudades; y los dispositivos de seguridad estadounidenses no parecen ser más efectivos en su propio territorio que en Islamabad, Bagdad o Kabul. Este año, la CIA acusó ante el congreso al FBI y el servicio de aduanas de estar infiltrados por los cárteles mexicanos; y el FBI sindicó a la DEA como el cerebro del narcotráfico a escala continental. Algunos expertos predicen que lo primero que hará el presidente estadounidense tras reasumir el poder en enero, será crear una nueva superestructura encargada, primero, de poner orden en la guerra interna de sus propios servicios de seguridad e inteligencia y, segundo, dirigir con mando centralizado la guerra contra los cárteles mexicanos, colombianos y estadounidenses. Otros especialistas van más lejos: creen que... —y el sonido volvió a cortarse.

—Estoy de acuerdo —dijo Ordaz—. Tendrá que ir mucho más lejos, para nuestra desgracia: el plan de los gringos es establecer bases de inteligencia en México, como en Colombia. Bases militares, bah. Te diré que...

—Suficiente, papá —ordenó doña Licha—. Ahora, a dormir.


Al día siguiente doña Licha, de camino a su trabajo, depositó a su marido (que aún no se atrevía a conducir) en el Hospital Militar, donde el maestro tenía cita con los oftalmólogos. Después de identificarse y ser admitido, la primera persona con quien topó Ordaz fue Giuliani.

—Hay novedades —dijo el italiano—. Venga, vamos a ver al coronel Méndez.

Lo vieron en el pasillo que conducía al departamento de la presidenta, pero no se le aproximaron porque el coronel conducía a un visitante muy alto y flaco, tordillo, de barba puntiaguda, uñas largas y dedos huesudos que blandía ante sí, como si apartara telarañas.

—Se parece a la caricatura del Tío Sam —susurró Ordaz.

—Muy adecuado, porque es el embajador de los Estados Unidos —murmuró Giuliani—. Casualmente lo vi anoche en un noticiario, en televisión.

—Hablando de ver: tengo cita con mis oftalmólogos, en el tercer piso. ¿Me acompaña?

La salud de los ojos de Ordaz fue el primer tema que tocó Méndez cuando una hora más tarde se reunió en la cafetería con los dos periodistas.

—Pues los oftalmólogos dicen que ya puedo hacer de todo, menos boxear o restregarme los ojos. Tampoco debo practicar esgrima, supongo. Y no debo nadar, por temor a las infecciones.

—Lástima —sonrió el coronel—, porque usted y su esposa están invitados a viajar con nosotros a la Riviera Maya, a Puerto Cangrejo, donde la presidenta va a descansar unos días mientras redacta su discurso de toma de posesión.

—¡Conozco ese lugar! —se entusiasmó Ordaz—. Hace tres años fuimos a filmar esos arrecifes de coral, y un famoso entrenador francés nos enseñó a medio bucear.

—Pues hable con su esposa de inmediato, porque volaremos mañana muy temprano, en un avión especial. El señor Giuliani también nos acompañará, ¿verdad?

—Sí. Ya le dije a la presidenta que contara conmigo. Pero yo creía que iríamos el fin de semana...

—Cambio de planes —dijo Méndez—. Después de recibir el saludo del embajador, la presidenta habló con la secretaria de Estado y acordaron adelantar su reunión.

—¿El Tío Sam vino nomás a saludar o a presentar su propio ultimátum? —preguntó Ordaz.

—No lo sé —contestó el coronel—. No estuve presente. Otro detalle: tienen rigurosamente prohibido publicar algo antes de recibir luz verde de la presidenta. Eso vale también para su esposa, señor Ordaz: nada de cámaras, micrófonos ni grabadoras.

La presidenta había recuperado su saludable complexión habitual, aunque para evitar contratiempos, volaron en un avión-ambulancia acompañados por los médicos que la habían operado. Por lo demás, la comitiva era muy reducida: aparte del marido de la presidenta y del coronel Méndez, sólo incluía al matrimonio Ordaz y a Giuliani.

La única molestia que aquejaba a la presidenta era la prohibición de fumar; sin embargo, los médicos la persuadieron de que viajara recostada en una de las camillas con que el avión contaba para el transporte de heridos. La señora llevaba su *notebook* repleto de fichas y anotaciones para su discurso de toma de posesión, pero antes de sumergirse en la lectura y tan pronto como despegaron, quiso charlar con doña Licha «de cosas de mujeres», dijo, de modo que los varones se retiraron a sus asientos para no molestarlas.

Ordaz, que desde la noche anterior venía rumiando su propio discurso, ocupó el asiento junto a Giuliani y preguntó de sopetón:

—¿Qué cree usted que se trae entre manos?

—¿La presidenta? Pues...

—No, ella no. El presidente de los Estados Unidos. La BBC dice que México es el mayor problema de Washington y yo estoy de acuerdo. ¿Qué se proponen hacer los Estados Unidos con nosotros? ¿Qué espera la Secretaría de Estado del Vaticano que le suceda al país católico más populoso del mundo?

—Lo mismo me preguntó la presidenta. No sé qué espera el Vaticano. Sólo sé lo que esperamos en el departamento editorial de *L'Osservatore Romano*, lo cual no siempre es lo mismo. Nuestros analistas temen que los halcones de Washington vayan a exigir del presidente un papel más activo... una mayor intervención en México. Aún más «dinámica», dicen, que en Colombia. Un estudio confidencial que el Pentágono ha puesto a circular entre senadores propone que, para bloquear de modo efectivo el narcotráfico de sur a norte y el tráfico de armas de norte a sur, se debe crear una franja militarizada de virtual cogobierno a lo largo de la frontera común; algo parecido a la antigua Zona del Canal de Panamá, con una junta de gobierno integrada por representantes de Washington y México. Claro, reconocen que poner en marcha esa solución «ideal» podría tomar tiempo. Mientras tanto, van a hablar de intercambio de inteligencia, cooperación judicial y policial, etcétera, pero, en realidad, será intervención militar. ¿Qué opina usted?

—Quiere decir que tendremos alguna forma de guerra: resistencia, insurrecciones, guerrillas... Quién sabe. El sentimiento antigringo en este país es mucho más fuerte que en Colombia. Aquí muchos patriotas, muchos nacionalistas, no van a dudar en aliarse con los narcos en contra de los gringos.

—Lo entiendo. Igual que en Italia el antifascismo cerró filas con la mafia contra Mussolini. ¿Y el ejército mexicano? ¿De qué lado va a estar el ejército mexicano?

—No sé. Debemos interrogar a fondo a nuestro amigo Méndez.

El coronel no estaba a la vista: se había encerrado en la cabina con los pilotos, tal vez para usar el radio. En cambio, se les unió Licha, en el asiento de junto.

—¿Hablaron de «cosas de mujeres» o le sonsacaste algún anticipo de su discurso? —preguntó Ordaz.

—Las dos cosas —dijo la señora—. Me preguntó qué quiero para nuestro hijo, papá, y le dije que un país sin guerra. Me prometió que eso es exactamente lo que nos va a dar.

—Ojalá pueda. Dios quiera —dijeron Ordaz y Giuliani al unísono.


En Puerto Cangrejo, Ofelia y su séquito —siempre controlados por el capitán Rendón— estuvieron tan enfrascados en la exploración del río subterráneo que casi se les pasó la hora de la comida y regresaron al hotel boqueando de hambre.

Fermín había monopolizado la charla largo rato, contándole a Ofelia las vertiginosas aventuras que él y Omar vivieron tres
años antes en la Baticueva, un tortuoso pasadizo subterráneo po-
blado de murciélagos:

—Yo salí untado hasta las pestañas con estiércol de vampiro.
Me tomó una semana quitarme esa caca de las orejas —explicaba
el muchacho con fruición hasta que lo mandaron callar porque
ya les llevaban la comida.

Sólo entonces, cuando tomaron sus lugares en torno de la
gran mesa bajo la palapa mayor, advirtieron que de la marina, al
extremo más alejado de la playa, había desaparecido el yate de
los nudistas y en cambio se veían por ahí dos sombrías lanchas
guardacostas con las insignias de la armada de México.

—No la llores, Omar. El mar te traerá otra —se burló Manuel—. Otra beca con todo y visa, quiero decir.

—No importa —disimuló Omar—. Yo, en realidad...

Se interrumpió porque una de las meseras le entregó un papel:

—Se lo dejó una de las señoritas del yate que se fue esta mañana, cuando llegaron los marinos a husmear —explicó la muchacha.

Omar tomó el papel, lo leyó, lentamente lo plegó y se lo guar-
dó en un bolsillo de la camisa.

—Esa sonrisa parece la del gato que se comió al canario —dijo
Erasmo juiciosamente.

—¿Qué? ¿No nos vas a contar? —urgió Pinky.

—Nada que contar —dijo Omar con fingida indiferencia—.
Nomás me dejó su dirección electrónica y su teléfono, por si quiero comunicarme.

Todos rompieron a reír, aplaudir y atragantarse con el guisa-
do de cochinita pibil.


Por órdenes de México, esa tarde se redoblaron las medidas de seguridad en torno de Puerto Cangrejo. Sin embargo, la vigilancia

era discreta: los guardacostas merodeaban entre la playa y el horizonte, y por la costa, tanto en la isla como en tierra firme, se multiplicaban los paseos de las parejas de paracaidistas disfrazados de turistas con *walkie-talkies*; pero nadie respiraba al oído de los huéspedes del hotel. Después de la comida, unos soldados trajeron los caballos que había ordenado el capitán Rendón: cepillados, ensillados y, al parecer, de buen talante.

Tanto fue el entusiasmo de Ofelia que logró contagiar al grupo, aunque entre ellos no abundaban los fanáticos de la equitación.

—La última vez que vi un caballo tan de cerca fue en mis años de cadete, en el Colegio Militar —confesó el capitán Rendón.

—¿Por dónde se sube? ¿Por la izquierda o por la derecha? —preguntó Erasmo.

Ofelia asumió con deleite el papel de entrenadora y al poco rato, con ayuda de los soldados, todos lograron montar por la izquierda o la derecha; y partieron en desordenada cabalgata. Iban tan divertidos que no advirtieron que en el campo de golf, al otro lado de la laguna, aterrizaba el helicóptero procedente de Tulum, con la presidenta y sus acompañantes. Cuando descendió, la presidenta los vio trotar a lo lejos, por la franja de arena mojada por el mar. Brincaban, reían, gesticulaban. Entre ola y ola se oían sus jóvenes risotadas. La presidenta ordenó que no interrumpieran el paseo de los muchachos y pidió ser conducida a su cuarto, para ponerse a trabajar.


Sin ser tan amplia y lujosa como el *penthouse* asignado a la presidenta y su marido, la *suite* de los Ordaz era casi tan espaciosa como toda la ermita de Santa María Jiloma; y la pantalla de la televisión era casi tan grande como el enorme ventanal que daba al mar. El maestro Reyes se concentró en oír el noticiario, no podía verlo porque su esposa ya le había vendado los ojos. Los anchos sillones extensibles y reclinables emplazados ante la pantalla eran tan acogedores que Ordaz temía quedarse dormido sin escuchar todas las noticias. Pero se alertó cuando el conductor de CNN informó que el presidente de los Estados Unidos, que se había recluido en su casa de descanso en Martha's Vineyard, daba los toques finales a su discurso de cierre de campaña con miras a la segura reelección:

—El mandatario sólo interrumpió su concentración —comentó el informador— para recibir el saludo de su homólogo de Colombia, quien visitó este país para someterse a una revisión médica de rutina en la Clínica Mayo, de Rochester, Minnesota. El encierro del presidente es tan riguroso que sólo habló por teléfono brevemente con la secretaria de Estado, quien mañana volará a México para visitar a su amiga, la presidenta electa de aquel país, que ahora convalece de una delicada intervención quirúrgica...,

—Me estoy helando, papá —dijo doña Licha—. Voy a apagar el aire acondicionado y abrir la ventana, para que entre el olor del mar.

—Sí. Y apaga también la tele: quiero pensar.

Cuando ella abrió el ventanal, la brisa salada les sacudió la modorra:

—Llévame a la terraza, mamacita —pidió Ordaz, incorporándose—, el olor a mar me alborota.

En la ancha terraza de la *suite* ambos se tendieron en el camastro que de día se usaba para tomar sol; ella con la cabeza en el hombro del marido y él con la mejilla en la cabellera de la joven mujer.

—Huele a pasto bajo la lluvia —murmuró el hombre en el pelo de la mujer.

—Es mi nuevo champú. ¿Te gusta?

—Muchísimo —dijo él.

Se besaron suavemente e hicieron el amor con mucho cuidado.

—¿Crees que Esperanza nos cumplirá? ¿Que acabará con la guerra? —murmuró ella en el hombro del marido.

—Creo que quiere hacerlo pero no creo que lo logre —dijo él—. A menos que nos entregue a los gringos. Espero que nuestro hijo no tenga que dejar la secundaria para hacerse guerrillero.

—Cállate. Duérmete —dijo ella, sellándole la boca con un dedo.

Ordaz se hundió en sus pensamientos y en menos de un minuto quedó profundamente dormido.


Al amanecer, Ofelia, vestida con *breeches*, botas inglesas, camisa vaquera y un auténtico Stetson heredado de la juventud de su padre, urgió a la pandilla a desayunar frugalmente para salir a cabalgar antes de que subiera el calor.

—Te ves payasa pero chistosa —la saludó Fermín.

—Pareces de una cinta de caballitos —le dijo Manuel.

—¿Una cinta de qué? —preguntó Ofelia, para saber si debía ofenderse.

—Así llamaba mi papá a los *westerns* —explicó el muchacho.

—Jóvenes, «su atención por favor», como dicen en los aeropuertos —irrumpió Rendón con voz de bocina electrónica—, la señora presidenta los invita a subir a su *suite* para contestar unas preguntas. Invitación exclusiva para menores de veinte. Creo que les va a pedir consejo.

Los chicos pensaron que se trataba de una broma pesada del capitán, pero tragaron su desayuno y partieron relinchando, como niños montados en palos de escoba.

Desde una mesa cercana, mientras desayunaban sin prisa, el matrimonio Ordaz, el coronel Méndez y Cosme Giuliani contemplaban paternalmente la estampida de los jóvenes. El esposo de la presidenta se había excusado minutos antes: iba a usar el teléfono satelital de la administración del hotel para comunicarse a Mazamitla e informarse sobre sus pacientes.

—Ahora que puedo verlos, estos chicos me dan aún más envidia —dijo Reyes Ordaz.

—Ninguna generación anterior tuvo tanta libertad. Lo peligroso de la libertad es que funciona como el oxígeno: en demasía, envenena —pontificó Giuliani.

—Ustedes razonan como ancianos —acusó doña Licha—, la libertad nunca puede ser excesiva.

—Con su permiso, los dejo filosofar. Yo tengo trabajo en el helipuerto, pegado al radio a la espera de noticias de la secretaria de Estado.

La señora Licha resultó una polemista más dura de lo que imaginó Giuliani, y el debate sobre los vicios, riesgos, delicias y vértigos de la libertad se estiró a lo largo de dos grandes cafeteras, tres docenas de rebanadas de pan tostado y cuarenta y seis paquetitos de mantequilla y mermelada de fresa.

Cuando ya se acababa la mantequilla, los jóvenes regresaron en alegre tumulto; todos hablaban sin escuchar. Tema de la algarabía: el cuestionario a que los había sometido la presidenta.

—¿Qué les preguntó? —trató de ordenarlos el maestro Ordaz—. A ver, uno por vez: ¿qué les preguntó?

Fermín se encaramó de un salto en una mesa vacía y adoptó empaque de tribuno de la plebe:

—¡Orden, romanos! ¡Silencio! ¡Oíd clamar a la República! —rugió el chiquillo. Hubo risas y abucheos, pero lo dejaron hablar—. Oh, magíster, he aquí la verdad desnuda: nos presentó un cuestionario y urgió a contestar cada pregunta por escrito en no más de diez renglones, en menos de dos horas y sin copiarnos ni soplar. Así lo hicimos y le entregamos las respuestas a tiempo. Fue un desastre. Las respuestas están protegidas por el sigilo de confesionario, pero, si quiere ver las preguntas, aquí están —y entregó a Ordaz un texto en cuya lectura el maestro se concentró de inmediato:

1. ¿Qué es peor?
    a. Mandar a la cárcel a un inocente.
    b. Dejar sin castigo a un culpable.
2. ¿Qué es preferible?
    a. Dar de comer a los pobres.
    b. Brindarles educación.
3. Tu casa se quema y el único que podría ayudarte es un vecino que antes te ofendió. ¿Qué hacer?

a. Rogarle que te ayude.

b. Dejar que se queme la casa.

4. ¿Qué hacer con un fortachón prepotente y buscapleitos?

a. Desafiarlo.

b. Contemporizar.

c. Ignorarlo.

5. Los científicos anuncian que un meteorito capaz de pulverizar una ciudad del tamaño de Tokio, Los Ángeles o el DF va a impactar en la Tierra dentro de una semana; pero no saben exactamente dónde: el mar, un desierto o una zona urbana. ¿Qué debe hacer la ONU?

a. Propalar la noticia a riesgo de provocar una ola mundial de pánico.

b. Rezar en silencio, esperando lo mejor.

6. ¿Qué es preferible?

a. Introducir avanzada tecnología para multiplicar la producción ahorrando mano de obra.

b. Seguir con métodos tradicionales, que producen menos pero salvan empleos.

7. Implantar modernos métodos administrativos para evitar derroche, robos y malversación cuesta en pesos y centavos lo mismo que tolerar cierto grado de corrupción: ¿qué es preferible?:

a. Innovar.

b. Tolerar.

8. Estalla una epidemia capaz de matar a nueve de cada diez víctimas; pero sólo hay vacunas para la tercera parte de la población, lo cual provoca motines y violencia. ¿A quién se debe vacunar primero?:

a. A los funcionarios responsables de controlar la crisis.

b. Al personal médico encargado de atender a los enfermos.

c. A los policías ocupados en restablecer el orden.

d. A los niños.

e. A los adolescentes.

f. A las madres.

g. A los adultos en edad productiva.

h. A los sacerdotes que administran los últimos sacramentos a los moribundos.

i. A los ancianos.

j. Otros (especificar).

Ordaz terminó de leer y pasó el cuestionario a doña Licha. La señora leyó, pasó la hojita a Giuliani y, en una libreta que sacó de su bolsa, empezó de inmediato a redactar sus propias respuestas. El italiano también leyó el cuestionario atentamente; después alisó con cuidado el papel sobre la mesa y quedó un minuto en silencio, parpadeando con rapidez. Al cabo habló:

—Ya les dije que les envidio la pandilla de alumnos. Ahora temo que tendré que envidiarles la presidenta.


Los chicos, encantados con el juguete nuevo, decidieron dedicar la mañana a cabalgar, pero Ofelia y Erasmo optaron por caminar a la sombra de las araucarias de Nueva Caledonia y seguir pergeñando la historia de Maringá. Eso dijeron.

—Hoy no voy a montar porque traigo un dolorcito raro en la barriga —explicó Ofelia—. No quiero decirles a mi papá o a mi tío Luciano porque me regañarían por no reposar lo suficiente: ya sabes cómo son los médicos.

—Sí, yo también tengo dolores, pero no lo digo delante de los otros para que no se burlen.

—¿Te duele la barriga?

—No exactamente. Deberían hacer esas sillas de montar más... acojinadas.

—¡Es que las sillas de montar no son para sentarse, hombre! —rio Ofelia—. Debes afirmarte con fuerza en los estribos, bien erguido, y apretar las rodillas contra los flancos del animal, para que la parte que te duele no golpetee tanto en la silla.

—Sí. Hablemos de otra cosa. ¿Por qué llamas tío al coronel Méndez?

—Porque fue mi tío por un tiempecito. Hace cinco o seis años (yo tenía diez u once) se casó con una hermana de mi mamá. Parece que habían sido novios mucho tiempo, pero no se casaban porque él siempre andaba para arriba y para abajo, en misiones militares. Al fin se casaron porque ella esperaba un bebé. La boda fue en Mazamitla, en nuestro rancho. Yo fui una de las niñas que llevaban la cola del vestido de novia de mi tía: por ahí tengo una foto. Poco después mi tío fue comisionado a Sinaloa, un lugar en la sierra, y un par de semanas después mi tía convenció a unos camaradas de mi tío para que la llevaran a visitarlo, de sorpresa. En plena sierra, el helicóptero fue balaceado por los narcos y todos murieron. Tardaron varios días en encontrar los cuerpos para velarlos decentemente. Fue la única vez que vi llorar a mi tío, pero él dijo que el humo de las veladoras se le metía en los ojos.

—Es impresionante. Como *boy scout* conocí a tu tío por años pero nunca supe nada de su vida privada. Ahora entiendo el fervor con que protege a tu mamá y la furia con que combate a los narcos. Es como pelar una cebolla: se descubre capa tras capa.

Se sentaron en una hamaca yucateca tendida entre dos araucarias.

—Todos los hombres son como cebollas —reflexionó la chica. Y agregó por lo bajo, como para sí—, por eso me dan miedo.

La presidenta fue llevada al helipuerto en una de las lujosas camionetas que usaba el hotel para pasear por la selva a los huéspedes distinguidos o transportarlos desde el aeropuerto de Tulum.

La secretaria de Estado y sus guardaespaldas no habían llegado a Tulum en un avión militar sino en un jet privado, un suntuoso pero discreto Gulfstream marcado con el logotipo de un igualmente discreto consorcio transnacional. Y de Tulum a Puerto Cangrejo no habían volado en uno de los aparatosos helicópteros del tipo de los Marine One que los Estados Unidos despliegan en cualquier parte del mundo cuando viajan altos jerarcas de su gobierno, sino en una nave que en vez de insignias oficiales lucía el logotipo de un famoso grupo de rock.

Los primeros en descender fueron cuatro sujetos totalmente vestidos de negro, desde las cachuchas y los anteojos hasta las camisetas, los jeans y los botines militares. También eran negras las pistoleras cuyo correaje traían cruzado sobre los pectorales; pero sólo uno de ellos era de raza negra. Otro era entre pálido y cenizo y los dos restantes, rubicundos. Dos de ellos se colocaron a la izquierda y los otros dos a la derecha de la escalerilla, firmemente plantados con los pies separados medio metro y las manos colgadas con los pulgares en los cinturones, cerca de las armas. Se tomaron unos segundos para examinar el entorno y sólo después uno lanzó un gesto como de emperador romano al perdonar la vida de un gladiador derrotado. En respuesta a la señal, la secretaria de Estado descendió del helicóptero, abrazó afectuosamente a la presidenta y estrechó con firmeza la mano del coronel Méndez.

—Señora presidenta —dijo la visitante en español, sin dejar de sonreír—, permítame presentarle al presidente de los Estados Unidos de América.

También con amplia sonrisa, el negro se quitó los anteojos, dio un paso al frente y tendió la mano:

—Encantado de conocerla, Dama Esperanza —dijo en español entrecortado y, tras el esfuerzo, se resignó a seguir en inglés—: y perdóneme el presentarme sin anunciar mi visita, ya sabe usted, seguridad...

—No se disculpe, por favor: comprendo perfectamente —contestó la presidenta, también en inglés—. En realidad, esperaba su visita, su embajador me dio a entender que mi querida amiga, la secretaria de Estado, no vendría sola.

El presidente pareció sorprendido e intercambió una mirada de soslayo con la secretaria de Estado; pero de inmediato retomó el discurso que traía preparado:

—Permítame presentarle a nuestro homólogo, el presidente de Colombia, que me visitó en Martha's Vineyard y a quien le pedí acompañarme.

El hombre de mejillas grises avanzó un paso y saludó ceremoniosamente, sin hablar.

—Nosotros tres —siguió el estadounidense—estamos atrapados en el mismo aprieto y sólo juntos encontraremos la salida.

## 13 Reunión cumbre

Los tres presidentes, la secretaria de Estado y el coronel Méndez subieron directamente a la pequeña sala de juntas del *penthouse*, un reducto a prueba de intrusos. Giuliani, Ordaz, doña Licha y el marido de la presidenta, marginados de la «cumbre», optaron por una pausada caminata a lo largo de la playa.

Por su parte, los jóvenes jugueteaban en el agua a unos doscientos metros de la orilla, en torno de balsas inflables amarradas a boyas rojas, amarillas y azules, y desde ahí se zambullían a bucear por los luminosos pasadizos submarinos del gran arrecife coralino.

—No me meto al agua para que no me confundan con una ballena —bromeó doña Licha al tiempo que se quitaba las sandalias para caminar por donde las olas le mojaban los tobillos.

—¿Cuánto les falta? —preguntó el marido de la presidenta—. ¿Será niño o niña?

—Tal vez un mes, mes y medio, aunque nos dicen que podría adelantarse. Y no quisimos averiguar el sexo: mi abuelita decía que esas averiguaciones traen mala suerte. A propósito, doctor, lamento mucho la pérdida que sufrió su hija, una niña tan dulce.

—Tal vez fue para bien. Lo importante es que ella encarrile su vida… sin pesadillas.

—Pues allá la veo, bajo aquellos árboles, con ese chico Erasmo... Parecen entenderse bien —apuntó Giuliani.

—Erasmo es un buen muchacho —Reyes Ordaz se apresuró a extender su aval. Pero dejaron el tema porque en ese momento los alcanzó Luciano Méndez.

—Lo necesitan a usted, señor Giuliani —anunció el coronel, y el italiano lo siguió sin chistar. Ordaz clavó los tacones en la arena y se quedó viéndolos, contrariado.

—No te enojes, papá —dijo doña Licha entre olita y olita—. No invitan a Giuliani por periodista sino por su amistad con el papa.

—Así es —murmuró el marido de la presidenta—. Yo me estoy acostumbrando a enterarme por los periódicos de los problemas que enfrenta mi mujer.

El turno de enterarse de los problemas que enfrentaban los tres presidentes les llegaría un par de horas después, cuando los visitantes volvieron al helicóptero rocanrolero para volar a Tulum, donde sus respectivos aviones aguardaban listos para despegar, uno hacia Bogotá y el otro de regreso a Martha's Vineyard.

Para entonces ya era la hora de la comida y de la cocina empezó a emanar el aroma de una parrillada de mariscos. Fue suficiente convocatoria para los jóvenes, que salieron del mar bailoteando y se agolparon alrededor de la parrilla, sacudiéndose como cachorros mojados. Licha, Ordaz y el esposo de la presidenta se refugiaron en una mesa en un rincón lejano, a salvo de tanta euforia. Ahí se les unieron Cosme Giuliani, el coronel Méndez y el capitán Rendón, que regresaban del helipuerto.

—Debe de haber sido la reunión cumbre más breve de la historia —comentaba Giuliani—. Directa, sin protocolo, al grano. Primera vez, creo yo, que el presidente de los Estados Unidos viaja de incógnito al extranjero.

—Y disfrazado de guarura —aportó Rendón.

Giuliani estaba ufano, pero Méndez parecía preocupado.

—Tu esposa va a comer en la *suite* y después, a descansar: te pide que subas —le dijo Méndez al marido de la presidenta—.

Y tú, camarada —instruyó a Rendón—, llévate unos tacos para entretenerte masticando y sigue de guardia al pie del radio, por favor: avísame cuando aterricen en Tulum y sus aviones despeguen... y después, kilómetro a kilómetro, hasta que salgan de nuestro espacio aéreo y podamos respirar en paz.

Los aludidos echaron melancólicas miradas hacia el lugar donde crepitaban los mariscos, pero partieron sin demora.

—¿Temen algo? ¿Alguna amenaza contra la presidenta? —preguntó Ordaz.

—La presidenta está muy bien: cansada pero feliz, porque logró lo que quería. Lo que me preocupa es tener a dos presidentes ajenos revoloteando en mi espacio aéreo y no poder despachar unas escuadrillas de cazas para escoltarlos —rezongó el coronel.

—Sospecho que el presidente de los Estados Unidos trató de imitar a Churchill, cuando a finales de 1943, para burlar al espionaje alemán, dejó en su lugar a un doble, un actor, en una casa de descanso en la campiña inglesa, mientras él se escurría al otro lado del mundo, a Teherán, a conferenciar con Stalin y Roosevelt...

—Sí —cortó Ordaz, todavía ardido por haber sido marginado de la cumbre—, yo también vi la película.

—Qué bueno que ustedes se entiendan tan bien —ironizó Luciano Méndez—, porque la presidenta encomendó al señor Giuliani explicarles lo acordado en la junta. Deben prometer no divulgar antes del primero de diciembre ni una sílaba de lo que van a oír.

—Yo estoy bajo juramento desde hace varios días, mi coronel —dijo Ordaz.

—Tiene mi palabra de caballero —sonrió doña Licha—. Don Cosme, soy toda oídos.

—Pues... —carraspeó Giuliani y empezó a hablar con premeditación, como si dictara una de sus columnas editoriales—, los tres presidentes acordaron proponer a sus respectivos congresos sendas leyes para acabar de tajo con la guerra contra los cárteles. La presidenta de México y el mandatario colombiano, que cuentan con amplias mayorías en sus respectivos congresos, creen segura la aprobación de tales leyes. El presidente de los Estados Unidos, que empezará su segundo término con mayoría disminuida, prevé una dura batalla parlamentaria, pero considera que su país se verá obligado a seguir el ejemplo de México y Colombia, porque no estaría en condiciones de confrontarlos...

—Al grano, por favor —urgió Ordaz—. ¿Qué se proponen? ¿Instaurar dictaduras militares en México y Colombia, con la bendición de Washington? ¿Un «gorilato» transnacional, como tantas veces en el pasado... como hicieron hace cuarenta años en Chile con Pinochet, y en...?

—Nada de eso —interrumpió Giuliani—. La presidenta se propone acabar con la guerra y al mismo tiempo evitar la dictadura militar. Lo que la presidenta propuso y los otros aceptaron fue volver a encerrar a los gorilas en sus jaulas... de tajo, no poco a poco. Perdón, coronel: sólo es... una metáfora periodística.

Méndez no abrió la boca, pero retomó su tic de cruzar las manos sobre el pecho y girar velozmente los pulgares, uno en torno del otro.

Reyes Ordaz casi se echó en la mesa para encarar a Giuliani más de cerca:

—¿Revertir de tajo la militarización de Colombia y México después de todo lo que ha pasado, después de décadas? ¿Cómo?

—Acabando de raíz con el motivo y razón de la guerra —soltó Giuliani—. Legalizando el comercio de drogas en los tres países. No de manera gradual sino repentinamente, de la noche a la mañana, para no dar tiempo a la reacción de los...

—¡Los cárteles van a reaccionar con uñas y dientes! ¡Ustedes quieren arrebatarles un negocio de más de... trescientos veinte mil millones de dólares al año, según cifras de las Naciones Unidas!

—Así es —intercaló Giuliani—. En los Estados Unidos los consumidores empedernidos son al menos siete millones; y los ocasionales, el doble.

—¿Lo ve? —siguió Ordaz—. ¿Cómo cortarles ese negocio, el más grande del mundo? ¡Sería como arrancarle los dientes a un tiburón! Me parece un plan suicida. ¿De quién fue la idea?

Giuliani y Méndez intercambiaron una veloz mirada de conspiradores.

—Les diré la verdad —dijo Giuliani—. Pero si alguna vez la divulgan, los voy a desmentir, a demandar y a desacreditarlos por todos los medios. La idea no es nueva y mucha gente la ha sostenido desde hace años, empezando por *The Economist*, una de las publicaciones más serias e inteligentes del mundo. Pero esta vez fue el Santo Padre quien la replanteó. Y el secretario de Estado del Vaticano me envió a sondear las aguas mexicanas y averiguar qué pensaba la Dama Esperanza, una notoria católica del país católico más populoso del mundo.

—No lo puedo creer —murmuró doña Licha.

—Lo mismo me dijo la presidenta cuando hablé con ella en Mazamitla. Por eso me mandó de regreso a Roma, a gestionar una carta, un documento firmado por Benedicto XVI. Es lo que ahora le traje y que los presidentes de los Estados Unidos y Colombia vinieron a ver con sus propios ojos.

—¿Cómo? ¿Por qué? —alcanzó a decir Reyes Ordaz, aún buceando en el estupor.

—Porque el papa no cree que sea la voluntad de Dios mandar a los hombres a luchar y morir en guerras perdidas de antemano; y porque considera que legalizar el comercio de drogas es ahora el menor de los males, como fue un mal menor legalizar el alcohol en los Estados Unidos en 1933... cosa que hizo otro presidente demócrata, Franklin Delano Roosevelt, después de trece años de guerra inútil.

—Esos razonamientos no son nuevos —dijo Ordaz con impaciencia—. Usted mismo lo dijo: esos argumentos se han dicho y publicado muchas veces. Igual que el tema de los altos prelados convertidos en lavadores de narcodólares... —se interrumpió en seco, mordiéndose suavemente el labio inferior— ya veo: de pronto el Vaticano vota por la legalización porque no logra controlar la corrupción que se les mete por los cuatro costados. Los cárteles no corrompen sólo policías, ejércitos, gobiernos... También pueden comprar iglesias. Por eso Benedicto XVI prefiere legalizarlos: porque no puede exorcizarlos.

Giuliani aguantó de frente la ofensiva de Ordaz, pero no contestó ni sí ni no. Se limitó a esbozar una sonrisa y, sin transición, brincó al tono coloquial:

—Tanto hablar me da hambre. ¿Podemos seguir mientras comemos? Debo entrar en detalles.

Entre camarones gigantes, caracoles, callos de hacha y filetes de calamar, los cuatro se enzarzaron en el análisis de las ventajas, desventajas y aberraciones de la legalización. Instintivamente, Licha asumió el papel de abogado del diablo, tratando de arrinconar no sólo a Giuliani sino también a Benedicto XVI. Pero el italiano traía un rico archivo de respuestas, en su cerebro y en el disco duro de su *laptop*.

—En 1998 —disparó la señora—, las Naciones Unidas lanzaron una campaña mundial para erradicar el narcotráfico. A México esta lucha le ha costado un promedio de entre seis mil y diez mil muertos por año, y a los Estados Unidos, acabo de leer ese dato, unos cincuenta mil millones de dólares anuales. No me diga que en catorce años no se ha conseguido nada.

—No tengo más remedio que decírselo, querida señora. Las Naciones Unidas calculan que en la actualidad unos doscientos millones de personas consumen drogas en el mundo: es decir, el cinco por ciento de la población adulta; idéntico porcentaje que en la década de 1990.

—Sin embargo —contraatacó Licha—, la DEA acaba de anunciar que, debido a la lucha contra el narcotráfico en países como México y Colombia, el precio de la cocaína en las calles de los Estados Unidos ha subido casi un diez por ciento anual. Eso debería limitar el consumo.

—Debería, pero no sucede. Los consumidores roban o dejan de comer para adquirir su droga y los vendedores *cortan* más y más el producto para abaratarlo, y aun a riesgo de envenenarse, los consumidores no bajan la demanda.

—Okey. Pero hay algo más...

Así siguieron largo rato, hasta que el debate fue interrumpido por el chirriar del *walkie-talkie* en el bolsillo de la camisa de Méndez. El coronel se apartó del grupo para tomar la llamada: escuchó con aire impasible, cuchicheó nuevas instrucciones y regresó a la mesa con la expresión facial del jugador de póquer que ha recibido una mano demasiado buena o demasiado mala.

—...en el plano militar... —estaba diciendo Giuliani, pero cortó el hilo para interrogar a Méndez—. ¿Pasa algo malo?

El coronel esquivó la pregunta:

—No. Sólo me informan que el avión colombiano ya salió de nuestro espacio aéreo. Ahora debe de estar sobrevolando Centroamérica y pronto ingresará al espacio aéreo colombiano, donde será protegido por su propia fuerza aérea. Un pendiente menos.

A Reyes Ordaz le preocupaba otra cosa:

—¿Cómo van a reaccionar los dinosaurios del Círculo Rojo, las momias vivientes del Estado Mayor Conjunto, cuando les digan que se acabó la guerra, que les reducen el presupuesto a la mitad, que la mitad de los generales y almirantes van a pasar a retiro y la mitad de los soldados van a ser licenciados? Francamente, coronel, la paz es mal negocio para los militares. ¿Cómo van a reaccionar?

Tal como les daba la luz del atardecer, los ojos de Méndez parecían casi transparentes:

—Francamente, maestro Ordaz —repuso el coronel sin pestañear—, el peor negocio para un militar es morirse sin poder ganar. Los azules, como usted nos llama, estamos perfectamente listos para controlar a nuestros rojos, si la presidenta lo ordena. Los que me preocupan no son nuestros rojos sino los rojos gringos: los halcones de Washington. Tenemos información...

Tuvo que interrumpirse porque su *walkie-talkie*, que aún traía en la mano, volvió a rechinar. Se llevó el aparato al oído, escuchó un instante y contestó con un ladrido:

—Ahora voy —echó la silla atrás y se incorporó bruscamente. Ya había dado un paso cuando, pensándolo mejor, habló por sobre su hombro—. Ustedes pueden acompañarme: así, después, ahorraremos explicaciones. Al cabo ya están enterados de todo

Echó a andar a paso tan vivo que Licha, Ordaz y Giuliani tuvieron que saltar para darle alcance.

La cabina de comunicaciones ocupaba una *suite* directamente debajo del *penthouse* de la presidenta. Ahí, por razones de seguridad, habían concentrado no sólo los aparatos de la red radiotelefónica militar, sino los teléfonos satelitales del hotel y de la alcaldía de Puerto Cangrejo, para mantener bajo vigilancia toda comunicación con el resto del mundo. Rendón esperaba con un auricular en la mano:

—Nuestro amigo dice que en dos minutos cortará la comunicación, para evitar que lo rastreen.

El coronel arrancó el teléfono de manos del capitán, pero habló sin prisa, tranquilamente:

—Lo felicito, Máximo: usted logró ubicarme mientras que nosotros no podemos ubicarlo a usted. ¿Qué se le ofrece?

Escuchó con concentración, asintiendo con leves movimientos de cabeza. De pronto oyó algo que le causó sorpresa:

—¿Quiere decir que ustedes, los de acá, están de acuerdo?

Siguió escuchando otro medio minuto antes de volver a hablar:

—¿El Club de los Leones? ¿A qué se refiere?, ¿a esa asociación de empresarios filántropos? ¡Ah, ya entiendo! Siga hablando.

Escuchó en silencio por otro minuto y al cabo aspiró aire, listo para hablar, pero del otro lado le llegó un brusco chasquido: el interlocutor había cortado la comunicación. Méndez volteó hacia Rendón y le devolvió el auricular:

—¿Todavía podemos comunicarnos con el Gulfstream de los gringos?

—No —dijo el capitán, consultando su reloj—. Hace... cuatro minutos salieron de nuestro espacio aéreo y entraron en total silencio radial, según lo convenido. Hasta ese momento iban muy bien. ¿Qué dice Máximo?

—Teme alguna jugada sucia de los Leones. Él llama Club de los Leones al cártel de cárteles de la costa este de los Estados Unidos, porque son los que parten y reparten el mayor botín del narcotráfico y, por supuesto, se quedan con la parte del león.

—Hablemos claro, por favor —intercaló Giuliani—. ¿Significa que los cárteles de los Estados Unidos se oponen a la legalización?

—Parece que sí, ellos serían los más perjudicados: perderían la parte del león que se llevan no sólo por la comercialización de la droga en toda la región este de su país sino, también, por el lavado masivo de narcodólares en *lavanderías* de Georgia y Florida, que ahora desplazan a Los Ángeles, Houston y México.

—¿Y los nuestros? —terció Reyes Ordaz—. ¿Nuestros cárteles, el Pacto de Durango? ¿Aceptan la legalización?

—Sí, esperan ganar más legalizados que en guerra. Eso dice este informante. Yo le creo —repuso el coronel, siempre sin pestañear—. Vamos por café: debo explicarles los antecedentes.

El coronel y los tres civiles se encaminaron a la puerta, pero Rendón los detuvo con un gesto: el capitán estaba inclinado sobre sus equipos, tratando de oír y hacerse oír por un interlocutor remoto. Escuchó, contestó en inglés entrecortado, volvió a escuchar, otra vez contestó, le respondieron con no más de tres palabras y el radio enmudeció.

—¿Qué era eso? ¿Qué decía? —urgió Méndez.

—Era el controlador de vuelos del aeropuerto de Hamilton —repuso Rendón, quitándose los auriculares para restregarse las orejas—. El Gulfstream de los gringos se borró del radar, justo al entrar en el espacio aéreo de las Bermudas.

Méndez no creía en platillos voladores ni en el legendario maleficio del Triángulo de las Bermudas, pero no dudaba de la eficacia de misiles de alta precisión para abatir aeronaves sin provocar mayores sospechas en zonas tan difamadas como el renombrado Triángulo.

—Pobres tipos. Voy a informar a la presidenta y ver cuánto tarda CNN en pescar la noticia —dijo el coronel, mientras el capitán procuraba restablecer comunicación con Hamilton, capital, mayor ciudad y principal aeropuerto de las Bermudas.

En vista de que Méndez no se los impidió, doña Licha, Ordaz y Giuliani lo siguieron al *penthouse* de la presidenta, pero se detuvieron dócilmente ante los dos jóvenes paracaidistas que montaban guardia ante la puerta de la *suite*.

—Está bien, vienen conmigo —dijo el coronel—, tienen permiso de la presidenta para meter la nariz.

Se franqueó la puerta y los cuatro entraron. La presidenta no estaba recostada sino de pie, vestida con ropa playera y empuñando el control remoto de la televisión. Su marido, en cambio, estaba en pantuflas, arrellanado en un sillón junto a la ventana, leyendo un libraco.

La presidenta no soltó el control remoto pero se apartó un momento de la gran pantalla para saludar a Licha afectuosamente y ofrecerle una silla. Su marido no se incorporó pero posó el libro sobre las rodillas y esbozó un gesto de saludo amistoso:

—Justo lo que tú preveías, Luciano. Acaba de decirlo CNN. ¿O fue la BBC?

La presidenta volvió su atención a la pantalla, oprimió un botón y de las bocinas brotó la voz de un reportero de *Fox News*, levemente desfasada respecto de los movimientos de sus labios:

—...tágono no confirma ni desmiente la versión —decía en inglés—, pero el vicepresidente acaba de ingresar a la Casa Blanca en compañía de líderes del congreso, a la espera de noticias...

La presidenta cambió de canal y Licha se distrajo un segundo pensando «Se ve que en su casa manda ella, porque monopoliza el control remoto».

—La RAF —decía en inglés el locutor de la BBC— ya ordenó el despliegue desde Hamilton de aeronaves equipadas para búsqueda nocturna, con la esperanza de captar alguna señal radial del Gulfstream supuestamente...

La presidenta cortó el sonido y se volvió hacia Méndez:

—Pobre gente. Pero gracias, Luciano, por haberlo previsto.

—Bueno —el coronel fingió modestia—, tan pronto como ese embajador, un notorio halcón, dejó ver que estaba enterado de un viaje supuestamente ultrasecreto... era obligatorio sospechar.

Licha quería decir algo, pero no hallaba las palabras: el presidente de los Estados Unidos y la secretaria de Estado probablemente estaban muertos, tal vez víctimas de un atentado, y todos parecían tan tranquilos. La presidenta depositó el control remoto en una mesita y recogió una guitarra que tenía ahí cerca, sobre un sillón. Explicó que había pedido a los jóvenes que encendieran una fogata en la playa e iba a reunírseles, para recordar su propia juventud, cantar algunas canciones de su época y hablar con los chicos en privado, sin adultos alrededor. Y salió.

—¿Evocar su juventud y cantar alrededor de una fogata cuando acaban de asesinar...? —barbotó por fin doña Licha.

—Tiene razón —dijo desde su poltrona el marido de la presidenta, en su apacible tono de psiquiatra—. Esos pobres pilotos corrieron un riesgo tremendo. Pero seguramente se salvaron: tenían órdenes de saltar del avión tan pronto como el equipo especial que traían a bordo detectara algún ataque, por ejemplo otro avión o un misil. Esta misma noche la Royal Navy o la RAF los va a encontrar, flotando en una balsa...

Licha ya no pudo contenerse: estaba furiosa, con el rostro rojo y las uñas crispadas:

—¿Y el presidente? ¿Y la secretaria de Estado? ¡Ellos no llevaban paracaídas! —chilló.

—Ellos nunca abordaron ese avión —explicó Méndez—. Temíamos un ataque, así que ellos volaron a Sudamérica con el presidente de Colombia. Ahora deben de estar cenando en Bogotá y esta misma noche volarán directamente a Washington en un avión escoltado por la Fuerza Aérea colombiana.

Reyes Ordaz llevaba un rato barruntando la verdad y ahora no pudo evitar la risa, pero su mujer le cortó la carcajada con un codazo en las costillas. Cosme Giuliani seguía su propio hilo de pensamiento:

—Lo bueno es que la estratagema de nuestro coronel puso a la vista el complot. Tan pronto como el presidente y la secretaria de Estado aterricen esta noche en su país, en el Pentágono y el Departamento de Estado va a empezar una purga implacable. Los controladores de Hamilton deben de haber recibido crucial información de los pilotos y los aparatos electrónicos del Gulfstream sobre el ataque que sufrió el avión. Y si los pilotos son rescatados con vida, podrán corroborar que efectivamente hubo un ataque... es decir, un complot. Y al verse descubiertos los complotados tendrán que contraatacar. ¿Estoy razonando bien, coronel?

—Inobjetable, señor Giuliani.

—Entonces podemos decir que la guerra en los Estados Unidos ya empezó... en el Triángulo de las Bermudas.


Apenas empezaba a oscurecer pero la brisa del mar parecía casi fría en contacto con las pieles recalentadas por el sol del largo día. Los jóvenes se pusieron camisas o camisetas antes de sentarse en apretado círculo alrededor de la fogata. La presidenta les explicó primero, en versión simplificada, por qué habían llegado a Puerto Cangrejo los visitantes de aquel día, qué habían discutido en la brevísima cumbre del *penthouse* y qué se había decidido. ¿Por qué confiaba en ellos, por qué les contaba todo? Porque ellos, su generación, serían los principales beneficiados o perjudicados por lo acordado aquella tarde. Y no les ocultó los riesgos: un rato antes, les dijo, habían tratado de asesinar al presidente y a la secretaria de Estado de los Estados Unidos, quienes se habían salvado sólo gracias a que volaron en otro avión hacia una ruta distinta, lejos de las previsiones de los conspiradores.

—Ahora van a tratar de matarla a usted —exclamó Fermín, con el brillo de la fogata reflejado en los ojos muy abiertos.

—Yo les prometo cuidarme muchísimo —dijo la presidenta—. De ahí en más, será lo que Dios quiera. Ahora, cantemos algo. Puedo entonar algunas baladas de mis tiempos...

Las canciones que a ella le gustaban no eran de su juventud sino de su niñez, de la segunda mitad de los sesenta: por ejemplo, baladas estilo Joan Baez, que la señora entonaba con una voz adecuadamente débil y trémula. Como entre los chicos no había críticos de música, a todos les gustó el entremés; y Ofelia, que había oído esas tonadas desde la cuna, repitió los mejores números, con voz más templada y mejor inglés que el de su mamá.

—Ahora les voy a pedir ayuda —dijo al cabo Dama Esperanza—. Los invito a que nos quedemos aquí hasta el 30 de noviembre. Invitaré a que se nos reúnan aquí, en privado, sin intrusos, teléfonos ni curiosos, los líderes de los bloques parlamentarios que me respaldan en el congreso. Con ellos discutiré el proyecto de legalización, en presencia de ustedes como testigos de calidad. Nos concentraremos aquí mismo, a puertas cerradas...

—Como la selección nacional antes de un partido decisivo. Bien pensado, señora, perdón, presidenta —dijo Omar.

—Sí —sonrió la presidenta—. En estos días redactaré mi discurso del primero de diciembre y lo ensayaré con ustedes.

—¡Perfecto, mamá! —brincó Ofelia—. ¡Y Erasmo y yo, que somos escritores, te vamos a ayudar!

—Yo ya tengo hambre —dijo Fermín frotándose la barriga—. ¿Quieren que traiga unas salchichas para asar?

—¡Sí! —corearon todos, incluida la presidenta. Pero la señora y su hija se quedarían sin salchichas, porque su esposo y padre llegó por ellas.

—Lamento interrumpir la fiesta —dijo afablemente el psiquiatra, aún en pantuflas—, pero estas damas deben descansar. ¿Me acompañan? —y les ofreció un brazo a cada una.

Para mostrar resignación, madre e hija hicieron el mismo gesto: resoplar hacia arriba, como para despejar los pocos cabellos sueltos, de idéntico color, que les caían sobre la frente; y el trío se encaminó sin prisa al edificio del hotel. El talante de padre y madre sólo cambió después de despedirse de Ofelia ante la puerta del cuarto de la jovencita.

—Hay malas noticias, ¿verdad? Lo adiviné cuando te vi caminar por la arena en pantuflas. ¿Dónde está Luciano?

—Nos espera arriba. Él te explicará.

En la *suite* acondicionada como cabina de comunicaciones aguardaban Ordaz, Licha, Giuliani, Rendón y Méndez, sentados en círculo silencioso ante la gran pantalla de televisión, también muda. En la imagen, un anunciador de CNN movía los labios y hacía ademanes plausibles, sin ruido. El coronel Méndez era el más cercano a la pantalla y su rostro viraba de color, según los cambios de la imagen, pero su expresión seguía impasible:

—Sucedió lo que temíamos. No conseguimos evitarlo. Lo siento.

—Hicimos lo que pudimos, Luciano. No te culpes. ¿Qué pasó, exactamente?

Méndez seguía con los ojos en la pantalla, como si pudiera leer las palabras del locutor por los movimientos de sus labios; y con un gesto apenas esbozado, ordenó hablar a Rendón:

—El avión en que volaron desde Bogotá aterrizó sin novedad en la Base Andrews, cerca de Washington. De inmediato se embarcaron en un Marine One, uno de los helicópteros presidenciales, para trasladarse a la Casa Blanca. El aparato estalló en el aire sobre la avenida Pensilvania, a cien metros de su destino. No hubo sobrevivientes.

El silencio se estiró varios segundos. Al fin habló Giuliani, en un susurro suave pero urgente:

—¿Qué va a pasar ahora? ¿Quién va a gobernar en los Estados Unidos?

Reyes Ordaz tenía los ojos vendados, porque era su hora de descanso visual, pero se arrancó la venda antes de hablar:

—¿En qué va a quedar el acuerdo al que se llegó aquí mismo, hoy mismo?

Giuliani no se apartó de su preocupación central:

—¿Qué debo decirle al Sumo Pontífice?

Méndez volvió bruscamente la espalda a la televisión y encaró a los periodistas:

—Primero —dijo tersamente—, lo sucedido esta noche en los Estados Unidos es un golpe de Estado y el poder lo han tomado los leones, o halcones, o como prefieran llamarlos. Segundo: para ellos, nada hay más repugnante que el acuerdo tomado aquí esta tarde, podemos llamarlo Acuerdo de Puerto Cangrejo, porque, tal como nos previno el maestro Ordaz, el narcotráfico representa para ellos entre cincuenta mil y cien mil millones de dólares por año. Y tercero: para desbaratar el acuerdo, van a recurrir a todos los medios, desde brutales presiones diplomáticas sobre México y Colombia hasta el financiamiento de movimientos subversivos en ambos países y, si cuadra, la acción militar directa. Conclusión: debemos prepararnos para lo peor.

—¿Qué debo decirle al Santo Padre? —dijo Giuliani ahogadamente, como interrogándose a sí mismo.

Ahora fue la presidenta quien le respondió:

—Dígale toda la verdad. Por favor, anote mis palabras...

—Puedo tomarlo en taquigrafía —se atrevió a terciar doña Licha, con su libreta en la mano izquierda y un bolígrafo en la derecha.

—Puedo grabar sus palabras, señora —dijo el capitán Rendón, con un dedo en un *switch*.

—Ambas cosas —aceptó la presidenta—. Amigo Giuliani, por favor dígale a Su Santidad que hemos sufrido un golpe terrible pero no estamos aplastados. Lo de esta noche fue un duro revés mas no una derrota, porque el enemigo tuvo que exhibirse, quitarse la máscara y mostrar su rostro no sólo ante nosotros sino ante el mundo entero, empezando por el pueblo estadounidense, que no es un convidado de piedra. Que el Santo Padre ruegue por los caídos esta noche y por nosotros, los que seguimos la lucha, porque ahora empieza la verdadera guerra. Y vamos a ganar.

Hizo una breve pausa para recobrar el aliento, aspiró todo lo profundamente que le permitió su pulmón recién operado y concluyó con una sola palabra:

—Amén.

# Índice